雨花忠魂

雨花英烈系列纪实文学

忠贞

吕惠生烈士传

辛易 著

江苏凤凰文艺出版社
JIANGSU PHOENIX LITERATURE AND ART PUBLISHING, LTD

图书在版编目（CIP）数据

忠贞：吕惠生烈士传 / 辛易著 .— 南京：江苏凤凰文艺出版社，2017.7（2023.5重印）
（雨花忠魂 . 雨花英烈系列纪实文学）
ISBN 978-7-5399-9401-7

Ⅰ . ①忠… Ⅱ . ①辛… Ⅲ . ①纪实文学 – 中国 – 当代 Ⅳ . ① I25

中国版本图书馆 CIP 数据核字 (2016) 第 325256 号

忠贞：吕惠生烈士传

辛　易著

出 版 人　张在健
责任编辑　黄孝阳　聂　斌
封面设计　马海云
责任印制　刘　巍
出版发行　江苏凤凰文艺出版社
　　　　　南京市中央路 165 号，邮编：210009
网　　址　http://www.jswenyi.com
印　　刷　阳谷毕升印务有限公司
开　　本　880 毫米 ×1230 毫米　1/32
印　　张　6
字　　数　160 千字
版　　次　2017 年 7 月第 1 版
印　　次　2023 年 5 月第 4 次印刷
书　　号　ISBN 978-7-5399-9401-7
定　　价　28.00 元

“雨花忠魂·雨花英烈系列纪实文学”
丛书编委会名单

信念之光　民族脊梁

中共江苏省委书记　李　强

南京雨花台，是一处历史名迹，更是一个革命圣地。它风光秀丽，历代文人墨客在此留下吟哦诗篇；它壮怀激烈，众多先贤志士在此演绎壮丽人生；它记忆殷红，无数革命先烈、共产党人在此献出宝贵生命。近现代以来，在雨花台英勇就义的革命烈士中留下姓名的烈士就有1519名，他们的事迹展示了中国共产党人的崇高理想信念、高尚道德情操、为民牺牲的大无畏精神。

习近平总书记在中国文联十大、中国作协九大开幕式上指出："祖国是人民最坚实的依靠，英雄是民族最闪亮的坐标。歌唱祖国、礼赞英雄从来都是文艺创作的永恒主题，也是最动人的篇章。"江苏省委宣传部、省作家协会组织编写的"雨花忠魂·雨花英烈系列纪实文学"丛书，以真实的人物故事，生动诠释了雨花英烈信仰至上、慨然担当、舍身为民、矢志兴邦的革命精神和英雄壮举。恽代英、邓中夏、何宝珍、施滉、徐楚光、陈原道等，这一个个英烈，是不灭的火种、不朽的丰碑，闪耀着革命信念的光芒，挺起了民族不屈的脊梁。“雨花忠魂”丛书，是深沉的革命历史见证，是深厚的红色文化传承，是深刻的思想教育启迪，展现了江苏作家对革命历史的正确认识、对雨花英烈的景仰之情、对弘扬社会主义核心价值观的自觉追求。

现在，江苏发展已经站在新的起点。全省上下正在深入学习贯彻习近平总书记系列重要讲话精神和治国理政新理念新思想新战略，按照省第十三次党代会提出的战略部署，积极投身“聚力创新，聚焦富民，高水平全面建成小康社会”的崭新实践，加快建设经济强、百姓富、环境美、社会文明程度高的新江苏。伟大的事业需要伟大的精神。我们缅怀雨花英烈，就是要学习他们的高尚品质和不朽精神，从中汲取养分与力量，砥砺全省人民朝气蓬勃地迈向未来；我们弘扬雨花英烈精神，就是要在高扬爱国主义主旋律、践行社会主义核心价值观的实践中，引导人们坚定对中国特色社会主义的道路自信、理论自信、制度自信、文化自信，努力创造出无愧于时代的崭新业绩，以此告慰那些为民族解放、国家富强和人民幸福而英勇献身的革命先辈们。

目　录

第一章 回归故里

傍晚时分，在国立北京农业大学校园的林阴小道上，三个青年学生边走边交谈着。其中面目清秀的是无为县的吕惠生，他说："二位学兄，我还是想实现实业救国愿望，四年前我考北京农大就是这个目的。"

一同走着的黄人群、卢光娄相互望了一下，没有马上应答，默默地继续往前走。

这是 1926 年的夏季，不远处的小树林传来知了嘈杂的叫声，黄人群瞥了一眼小树林，打破沉默说："你们听，知了叫得多高兴，它们在地下呆了很久才破土而出，可刚开始享受自由和快乐，就离死神不远了。”

吕惠生咂摸着黄人群的话，笑着对卢光娄说：“光娄兄，你看人群兄就像一个哲人，他是不是隐喻我们这些即将毕业的学生呢？”

卢光娄和吕惠生是老乡，也是无为人，听吕惠生问他，想了想就笑道：“人群兄这是变着法子提醒你我，在现实社会中，不切实际的希望、梦想，再美好也将成为泡影。”

卢光娄这是帮着黄人群说话，吕惠生就说：“我的梦想实业救国，真的不切实际吗？”

卢光娄说：“实业救国本无不可，但现在社会污浊不堪，光靠实业是救不了国的。惠生，你与我、人群兄都是国民党员，用中山先生的三民主义改造社会才是当务之急。”

吕惠生说：“我虽由二位学兄介绍加入国民党，但实业救国的愿望却不会放弃的。”

黄人群接话：“惠生，我和光娄兄当初也是抱着实业救国之念考进农业大学的，但现实社会告诉我们，社会不变革，靠实业救不了国。两年前冯玉祥发动北京政变，中山先生受邀进京共商国是，三民主义在我们学校一时成为热议话题，我们都是那时加入的国民党。这两年，我反复研读中山先生的三民主义，切实感到当今社会不改造，中华民族就没希望。”

吕惠生不吭声了。他尊重两位学兄，知道他俩将来是做大事的人，但自己从 6 岁开始读书，一直读到 24 岁，早已形成了实业救国思想。他的小学老师周佛航，参加过孙中山第一次革命，对三民主义知悉尤深，但课堂上讲得最多的还是实业救国。在周佛航的引导下，他中学上的就是安徽省中等农业学校，毕业后又进京投考农业大学。

三个人默默前行，知了叫声显得更清幽了。

来到一个岔路口，吕惠生说想独自走一走，便与二位学兄分手。他望着二位学兄离去的背影，想到所学知识将无用武之地，不禁替他俩感到惋惜。考入北京农业大学并最后能够毕业，吕惠生有着切身体会，不仅经济上能负担得起，还要有本事考得上。

吕惠生出生在安徽无为县十里乡吕巷村。父亲是晚清秀才，家境不是十分宽裕，但孩子都被父亲送到了学堂。吕惠生读私塾时，先生出联考他："春雨润花"，他不假思索，即以"秋风枯草"对之。对得如此工顺，塾师逢人便说，这孩子将来必成大器。1922年投考北京农业大学，两千五百多人报考，他从中脱颖而出，成为50名新生中的一员。

黄人群和卢光娄家境也不富裕，读书艰辛程度不在自己之下，眼见学成却毅然决然弃之不用，难道当今社会真如他俩所说，到了不社会改造民族就无希望的程度？但同学中加入国民党的又有多少像他们呢？

其实，两位学兄真的与普通国民党员不同，他俩还是共产党员。是在国共第一次合作的背景下，由中共党组织安排加入的国民党。这一特殊身份，吕惠生直到他俩被国民党杀害时才知道。

毕业了，同学们相互道别，个个志向高远。二位学兄道别时送给吕惠生一本《三民主义》，叮嘱他有空仔细读一读。

毕业走出学校，吕惠生暂住在大哥吕兰生家里。

吕兰生在冯玉祥部下任财政专员。读书时吕惠生很少来大哥家，大哥没有怪他，读书嘛，就要有读书的样子。现在终于毕业了，兄弟俩到一起似乎有谈不完的话，但大哥最关心的还是三弟吕惠生的前途。

大哥问："惠生，找到差事了？"

吕惠生摇头："还没，想投谒许床玑司长。"

许床玑是农业界大佬，在北洋政府农商部农林司任职。大哥听了很高兴，说农商部有他的朋友，可以托朋友给吕惠生引见。

为了见到许床玑，大哥吕兰生疏通关系花了不少钱。但吕惠生不清楚大哥花钱的事，进许府没费什么周折。许府家门十分阔绰，里面院子套院子，房间数不清。吕惠生从没见过如此住宅，惊愕不已。

站在走廊上等了很长时间，吕惠生才被许府家佣带进大堂。到底是农业界大佬，许床玑端坐在大厅正中的那把椅子上，就像吕惠生家乡祠堂里的一尊雕像。

吕惠生身体有点僵硬，拘谨地向许床玑施礼：“许司长，学生吕惠生向您问好！”

许床玑脸上有了微笑：“你就是农业大学的吕惠生？”

吕惠生高兴地点头：“是，我就是吕惠生。”

“你见我何事？”

“何事？”吕惠生愣了一下，“许司长，我刚从农业大学毕业，想为国家效力。”

“你想怎么效力？”许床玑慢腾腾地问。

“实业救国。”吕惠生很认真地说。

“实业救国？”许床玑愣着重复一句，头就轻摇了起来，然后颔首说道：“本司长知道了。”

吕惠生还在等着下文，许床玑已经走向门口。不知站了多久，家佣在他耳边说：“先生，我家老爷走了，你也请便吧。”

走出许府，吕惠生脑子里懵懂一片。

晚上大哥回来，问他投谒许床玑情况。他一五一十地告诉大哥后，沮丧地说：“许司长说他知道了，一点结果没有。”

大哥有点生气地说：“你跟许司长谈什么实业救国，国要是你能救，冯大帅这样的栋梁之材喝西北风去呀？惠生，你知不知道，我费了多少劲，你才见到许司长。”

没想到大哥会说这话，吕惠生丢了一句：“哥，这事不用你管了。”

大哥说：“我不管？我不管你连许司长面都见不到。”叹口气又说，“哪个叫你是我兄弟，让我托人再疏通一下。”

几天后，大哥朋友带吕惠生又去了许府。

这次比较顺利，许床玑开门见山："你想效什么力？"

吕惠生答得干脆："实业报国。"

吕惠生把"救"改成"报"，一字之差，其意相距甚远。果然许床玑点头："你学的农业知识，实业报国，理当如此。"

吕惠生兴奋起来，滔滔不绝倾诉实业报国的愿望。不等倾诉完，被许床玑打断："本司长知道了。"

这口吻与上次一样，吕惠生不禁怔住，等回过神来，许床玑已走到门外。

又无结果，吕惠生回家没说实话，而是告诉大哥，许司长让他在家等消息。翌日硬着头皮独自再去，却连许府大门都没进去。

瞒不住了，吕惠生不得不如实告诉大哥。大哥听了叹道："惠生呀，你到底涉世不深，找许司长的人，都是想在政府里谋个一官半职，哪个像你，什么救国报国的，好像救世主一样。"

吕惠生说："早晓得如此，我懒得去找他。"

大哥生气说："你以为许司长想见就见？不花银子，门槛你都甭想进去。"

难怪第三次被拦在许府门外，吕惠生明白了。

大哥摇摇头，叹了一口气说："事情弄到这个地步，不好办了，还是我来想办法，给你谋个差事吧。"

这次不堪回首的经历，吕惠生后来在《我之幼年》一文中这样写道："大学毕业之年，眼前漆黑。入了社会，不知从何下脚。曾小心在意，投谒农林部司长许床玑，其家门甚阔绰，见过两次无成功。第三次则拒绝不面矣，鼠窜愧赧而归。"

苦闷中的吕惠生想起了黄人群、卢光娄二位师兄，开始阅读孙中山的《三民主义》。这一读竟停不下来了。当读到《三民主义》论民族篇时，他似乎在黑暗中看到了救国救民的希望，竟激动得泪流满面。

一个多月后，同学卢光娄过来看他。两人互述近况后，吕惠生说："卢兄，这短短的一个多月，我于忧患中渐知社会之黑暗，还是你和人群兄说得对，用中山先生的三民主义改造社会才是当务之急。"

卢光娄说："老弟如此转变令我欣慰，不知日后有何打算？"

吕惠生说："三次投谒许床巩无果，我已无意留在北京。"

"既如此，何不回家乡无为？"

"无为？"

"对，无为现在变化可大了。你我考入北京农业大学的第二年，江坝乡的胡竺冰先生就回乡组织开展民众运动。"

听卢光娄这么一说，吕惠生兴奋起来："光娄兄，你给我说说胡先生的事情。"

卢光娄笑了笑，就给吕惠生介绍起了胡竺冰。

胡竺冰毕业于安徽省安庆政法学校，长吕惠生 12 岁，毕业后他不愿为官作吏，先在省学生会、政法学校同学会领导下，参加"六一二"学潮、反军阀贿选斗争，创办《清议报》讽刺揭露丑恶现实，后几经转折于 1923 年回到家乡。卢光娄告诉吕惠生，胡竺冰是早期国民党左派人士，很有号召力，他在家排行老五，认识的人都尊称他为"胡五爷"。回到家乡后，他联合无为进步人士成立了"地方公款清理处"，以清算公款的形式揭露无为县当权者压迫、剥削民众的丑恶嘴脸。他又把有志于变革社会的青年组织起来，发起创办了一个合法团体——青年读书会，一边传播先进思想，一边聚集新生力量。为改变家乡教育落后状况，他还多方筹集资金，开办了私立义务小学，全部免学杂费、书籍费，专门吸收贫苦农民子弟入学。

介绍完胡竺冰，卢光娄说："惠生，最近这两年，不少有志青年从外地返回家乡，你若此时回去，正好协助胡先生开展社会变革活动。"

吕惠生高兴地说："谢谢卢兄指点，我马上就回无为。"

卢光娄说："回无为后，你去胡家瓦屋就能找到胡先生，不仅如此，在那里还能结识家乡的很多有识之士。"

吕惠生喜道："哦，胡家瓦屋是家乡进步人士的聚集场所？"

卢光娄点头："是的，进步人士在无为被称为新派，胡家瓦屋就是无为新派的象征。"

吕惠生按捺不住兴奋："回家乡可以大展宏图了！"

听说吕惠生要回家乡，大哥吕兰生满脸不高兴，说再容一些时间他就能在北京为三弟找到差事。吕惠生谢绝了大哥的再三挽留，于这一年的冬天离开求学四年的北京城，毅然由海道回归故里。

一回到阔别数年的家乡无为，吕惠生没顾上走亲访友，马上找到了江坝乡冒新村的胡家瓦屋。

胡家瓦屋占地约三千多平米，房屋百余间，这在无为县算得上是一个大户人家。吕惠生敲开大门，胡家的一个帮佣听说是找胡五爷的，客气地把他带到后院的一间书房。

胡竺冰正在看书，见家佣引吕惠生进来，便丢下书请吕惠生落座。

胡竺冰身穿长衫，桌上摆着一副眼镜，实是一位平和、内敛、有知识的长者。吕惠生呷口茶水，自我介绍说："胡五爷，我是十里乡吕巷村的老三吕惠生，刚从北京农大毕业，欣闻胡五爷在家乡搞民众运动，就想回乡助胡五爷一臂之力，不知胡五爷意下如何？"

胡竺冰听说是吕惠生，打量一番后朗声笑道："早就听说吕巷村的吕先生了，果然是青年才俊。吕先生小我一旬，但聪颖过人，当年你考入北京农大时，家乡谁人不知？现在家乡官吏腐败，地方势力极为雄厚，民众水深火热，此时吕先生回来与我们一起改造家乡之黑暗混浊，乃是家乡民众之幸。"

吕惠生见胡竺冰说话如此谦逊，不觉惭愧地说："不瞒胡五爷，我平生只信自然科学，毕业后原本是想实现实业救国梦的，但走上社会不久，于忧患中方知社会之黑暗，又经两位学兄启发引导，才开始看社会科学，为首一书，乃中山先生的《三民主义》，此书令我茅塞顿开，这才放弃了实业救国的幻想。”

胡竺冰拿起丢下的那本书：“吕先生，我这本书正是《三民主义》，眼下中国社会军阀割据、四分五裂，各种势力相互倾轧，帝国主义又欺我软弱，侵我主权夺我利益，民众深受其害。在我中华民族处于危难之时，中山先生提出反对帝国主义侵略、民权为平民所有和地权平均、耕者有其田，这是拯救中华民族希望之所在。三年前我回家乡，正是要在家乡这块土地上践行中山先生主张，但又谈何容易，三年过去了，家乡落后面貌并未从根本上改变，这要我们做长期的艰苦奋斗。”

吕惠生环顾书房，感动地说道：“胡五爷家境殷实，本是无忧无虑，却为家乡贫苦民众劳心费神，是我吕惠生之榜样。我既已回到家乡，凡要我承担之事决不推辞，胡五爷！”

胡竺冰手击书桌：“惠生，我们共同努力吧！”

两人促膝长谈，彼此视为挚友。临别时，吕惠生有点依依不舍，胡竺冰告诉他，三天后无为的一些有识之士要来胡家瓦屋开会，商议私立义务小学下学期办学和青年读书会有关事宜，到时候他可来胡家瓦屋与大家相见。

“大家”就是卢光娄说的无为“新派”了，吕惠生不禁欣喜万分，三天后早早就赶到了胡家瓦屋。金稚石、卢仲农等进步人士陆续到了，胡竺冰、吕惠生一一向他们作介绍。简单的交流后，吕惠生就有相见恨晚之感。

开会时，大家直抒己见，虽然彼此有些意见想法不同，但都是一片赤诚之心。吕惠生默默地听着，既新鲜又受启发。快到中午了，大家的意见想法都充分表达了，这才一起望向胡竺冰。胡竺冰说：“各位同仁的意见有很多可取之处，比如义务小学要扩大入学面，读书会要加大三民主义宣传。我想补充的是，小学教材要改革，适当增加社会科学知识，让学生了解无为现状，读书会更不能只读书不研究，要结合无为本地的实际情况，有针对性地进行研究，提出解决问题的思路办法，就像我们今天一样，不坐而论道、空发议论。”

大家统一思想后，胡竺冰又作了具体分工。说到吕惠生时，胡竺冰笑着说：“惠生只顾往本子上记录，没有发表意见，这是头一回，以后可要多提建议。”

吕惠生点着头说：“我刚返回家乡，情况不熟，听了各位仁兄的意见，深受启发，以后一定多与社会、民众接触，多做研究。”

头次参加新派会议，吕惠生就看到了无为的希望。从胡家瓦屋回去后，满怀信心的吕惠生经常走访社会各个阶层，深入了解无为的现状。让他感到欣慰的是，无为的社会现状虽然还是混浊一片，但新派已经成为一股不可忽视的新生力量。在他的日记中有这样一段话：“无为民气殊闭塞，文教不通，在五个县中最为落后（指毗邻五县）。地方封建势力极为雄厚，官吏把持公事盖由来已久。城区林（姓）、卢（姓），西乡丁（姓），北乡宋（姓），东乡李（姓）、刘（姓）均为土霸王，地方无不在激烈斗争中。新派兴起，代之有胡竺冰、金稚石、卢仲农、倪仲坦、朱子帆等。”

通过对家乡的深入了解，吕惠生后来参加胡家瓦屋会议，每次都有独到见解，逐渐在新派中崭露头角。

年底，胡竺冰等国民党左派人士成立了无为临时县党部，大家一致推选年轻的吕惠生担任秘书。

第二章 抗争

翻过年，进入正月。

胡家瓦屋书房里，胡竺冰、吕惠生等新派人士商议无城最新发生的一件事情：几天前，国民党县政府为军阀强行征兵，韩家庙农民邢学年因抗拒被县长刘朝纲卫兵开枪打死。韩家庙的民众抬着尸体到县政府请愿，要求严惩凶手，却被县常备队强行驱逐出城。此事惹得民怨沸腾，但民众慑于当权者的权势，又不得不忍气吞声。

怎么才能唤起民众团结抗争？

身穿长衫的胡竺冰问沉默不语的吕惠生："惠生，说说你的意见，这次我们该怎么办?”

听胡竺冰问，吕惠生说：“胡五爷，刚才各位仁兄发表了不少意见，都认为发动民众再次向县政府请愿，但民众上次被县常备队驱散，惧怕之心尚存，恐怕一时难以组织。怎么办呢?吕五爷问我，我没有万全之策。不过，刘朝纲有权有枪，而我们有理有势，我想能否在无城最热闹、人最多的地方组织集会演讲?通过演讲揭露惨案真相，造成声势，逼迫刘朝纲严惩凶手。但集会地点要离县政府远一点，这样即使常备队得知，赶到集会地点也需要时间，我们也便于及时撤离现场。”

听了吕惠生的意见，胡竺冰点头说：“惠生说得对，我们组织集会不能硬碰硬，要讲策略，否则跟民众上次自发到县政府请愿有何区别?不过有好消息刚从南京传来，北伐军近日要进军无为，刘朝纲即使有权有枪，他也会有所忌惮。”

听说北伐军要来无为，大家兴奋不已，很快就达成一致意见，决定在无城老街口、私立义务小学操场组织集会演讲。

几天后，老街口、私立义务小学操场人头攒动。胡竺冰、吕惠生慷慨激昂地揭露惨案真相，严惩凶手的口号声此起彼伏。消息很快传到刘朝纲耳朵里，他没想到刚平息的事件竟被几个舞文弄墨的秀才又鼓动起来了，不禁恼羞成怒，马上命令县常备队前去驱逐民众，逮捕胡竺冰、吕惠生等组织者。

荷枪实弹的常备队包围了集会的民众，一边驱赶一边扑向演讲台。尖利的哨声、嘈杂的喊声、凄厉的惨叫声立时传向四方。望着常备队肆无忌惮地用枪托砸着民众，年轻的吕惠生怒瞪双眼，撩起长衫欲冲过去，胡竺冰伸手将他拦住：“惠生，切莫冲动。”

跟着混乱的人群冲出常备队围堵，两人跑进了一个胡同。胡竺冰回头望眼老街口，见民众已经跑散了，这才长吁口气说：“惠生，我们得抓紧出城，常备队逮不着人，马上就会封城。”

两人匆匆赶到东城，刚走出城门，常备队就封城了。

吕惠生佩服地说："胡五爷说中了，稍微慢一慢，我们就出不来了。"

胡竺冰并不轻松，神色严峻地说："刘朝纲不会就此罢休的，我们还是要多加小心。"说着就迈开大步，往江坝乡冒新村方向疾走。

来到冒新村口，胡竺冰就感到情况有异。村街上不少村民小声说着话，望见胡竺冰和吕惠生又戛然而止。村民平时见到胡竺冰都主动打招呼，今天如此异常，一定是胡家发生了事情。胡竺冰情知不好，却佯装不知，边走边笑着跟村民打招呼。

一个大娘说："胡五爷，你家来往客人多，一群拿枪的人问胡家瓦屋怎么走，刚刚过去。"

担心的事情还是发生了，胡竺冰知道大娘这是提醒他，心中感激，笑着说："我家客人多，拿枪的客人还是头一回，谢谢大娘了！"

胡竺冰继续往前走。吕惠生也听出了大娘的言外之意，跟着胡竺冰拐过一个街口，就走进了一片小树林。胡竺冰对吕惠生说："惠生，依现在情形看，刘朝纲已经知道谁是这次集会组织者了，尤其是演讲的你我二人，这不，刘朝纲都派人追踪到胡家瓦屋来了。"

吕惠生第一次遇到这种情况，望着胡竺冰问："那我们有家不能回了？"

胡竺冰说："走，先去我家院子外面观察一下，视情再作打算。"

穿过小树林，远远看见十几个常备队员用枪托"嘭嘭嘭"地砸胡家瓦屋大门。两人猫腰跑到一个土丘后面趴下，吕惠生说："胡五爷，胡家瓦屋被刘朝纲盯上了，是不是去我家避避？"

胡竺冰摆手说："你家屋子少，不便藏身，堵屋里就出不来了。我家屋多，占地三千多平米，不仅便于藏身，也便于脱身，等他们走了，我们再悄悄进去。"

常备队搜查了个把小时，才骂骂咧咧地离开了。吕惠生不便回家，就在胡家瓦屋安顿下来。不久，北伐军 7 军 3 师从南京向无为进发的消息传到胡家瓦屋，两人兴奋不已，马上联络无为新派进步人士，趁北伐军进驻无为之机，组织开展“夺印斗争”。

北伐军终于进驻无城，无为的国民党左派活动遂由秘密转为公开，县党部也正式成立。驻无为的北伐军致电安徽省政府，揭露刘朝纲的恶行，提出更换县长。很快新县长高寿恒就到无为上任。胡竺冰、吕惠生抓住这个有利时机，发动民众要求高寿恒立即查处邢学年人命案。高寿恒却不顾民众的强烈意愿，不仅不查处，竟然放纵刘朝纲和凶手潜逃了。胡竺冰、吕惠生疾呼“像这样的昏官来一个要打倒一个，直到无为换一个真正的父母官”，终在北伐军的干预下，解散了旧的县政府，组建代替县政府的“无为县临时行动委员会”。胡竺冰任主任委员兼司法科长，吕惠生任委员兼第一科科长。

但风云变幻莫测，就在无为掀起革命高潮时，蒋介石正酝酿着四一二反革命政变。蒋介石在上海一切部署就绪后，离开上海去南京，由白崇禧等监督执行其反革命政变的阴谋计划。中共中央和中共上海区委对于蒋介石的某些阴谋活动是有警惕的，也采取过坚定的态度，但蒋介石到上海后，中共领导人陈独秀表现了严重的右倾麻痹，在上海区委主席团会议上宣读关于“要缓和反蒋”的信，之后又发表《汪精卫、陈独秀联合宣言》，许多人误以为局势已经和缓下来。而此时的蒋介石却精心策划，调集嫡系部队进驻宁沪，并令驻南京掌控不了的北伐军部队开往江北，以便他完全控制南京。

四一二反革命政变后，北伐军3师撤离无为县。不久高寿恒重新担任无为县长。他刚一上任，就以叛乱罪通缉胡竺冰等国民党左派人士。胡竺冰不得已潜出无城，于6月下旬抵达武汉，找到刚刚成立的中共安徽省临时委员会。

没有抓到胡竺冰，高寿恒气急败坏地派县常备队查封胡家瓦屋。贴了封条还不罢休，常备队竟砌砖堵死了胡家瓦屋大门。

备感孤立的吕惠生，也不得不避往芜湖，边教书边苦苦思索等待。

黑暗笼罩无为，国民党左派一时在无为销声匿迹。

共产党却在这一年成立了无为特别支部，后来担任皖中行署副主任、与吕惠生共同战斗的张恺帆，就是此时回的家乡。

张恺帆是无为陡沟镇人。此前，他在芜湖民生中学读书，中共早期党员李克农当时就在民生中学任教。1926年北伐战争开始后，读三年级的张恺帆参加了中共外围组织芜湖学生联合会，并在李克农率领下奔走呼号于江城街头，宣传革命。后来发生了四一二反革命政变，李克农等共产党员遭到蒋介石政权“清党”通缉，中共党组织转入秘密活动，张恺帆便离开芜湖返乡，与刚成立的中共无为特别支部取得联系。次年他加入了共产党，参加县委领导并兼任区委书记。

张恺帆公开身份是板桥小学教员。1928年初，学校里不少教员们都在议论无为中学校长金唤狮，说他不学无术，排斥和迫害进步师生，还贪污、克扣学校经费和学生伙食费，引起了师生极大愤慨。这个消息引起张恺帆的注意，马上报告给无为特别支部。特别支部从其他渠道也得到了同样消息，决定利用这一矛盾，秘密组织“择师运动”，驱逐金唤狮，请吕惠生回家乡担任校长。

为保证“择师运动”成功，特别支部派中共党员朱麻和进步青年方后鲁两人到无为中学插班学习。朱麻曾任芜湖总工会委员长，有丰富的斗争经验，他与方后鲁入学后，发起成立了学生读书促进会，为“择师运动”做准备。恰逢此时，校方对学生进行突击性考核，朱麻觉得时机成熟，当晚召集学生读书促进会成员和进步学生二十多人在无城后新街沙氏祠堂学生宿舍开会，研究决定以抵制这次考核为导火线，发动一场驱逐反动校长金唤狮的斗争。

这是无为特别支部半公开组织的第一次大规模活动，开始只是领导学生们进行一些有理、有节的“说理”斗争，效果甚微。特别支部遂决定以学生会名义组织全校性总罢课，公开提出“择师运动如同耕者有其田”“金唤狮薄学无能贻误青年”“金唤狮不走决不复课”“拥护吕惠生来任校长”等政治性口号。

在无为特别支部的发动组织下，无为中学的学生纷纷走上街头，穿梭于大街小巷，张贴标语、散发传单、宣传演说。“择师运动”旗帜鲜明，金唤狮惊慌失措，但县政府却迟迟没有态度。特别支部决定发动学生会召开全校学生大会，宣布无限期罢课，进一步给县政府施压。

开会这天，县长张正纯得到消息，带着警察封锁了会场出入口。他走上主席台强行训话，声嘶力竭地斥责学生，让学生立即复课。学生们不理他那一套，故意大声喧哗，到处走动，发出“嘘嘘”之声。少数拥护金唤狮的学生指责发出“嘘”声的学生，引发争斗、殴打，很快会场一片混乱。朱庥、方后鲁等人见机行事，带领学生冲破会场门口阻拦的警察，四散而去。

面对空荡荡的会场，张正纯目瞪口呆。

连续12天的总罢课，终使金唤狮被迫辞职，其辞呈以“身染沉疴不能干，受人牵制不能干”为托词，自遮其羞，给社会留下讥讽之柄。

避往他乡的吕惠生被请了回来。

当他得知这次择师运动是共产党组织的，不禁感慨万分。上任后，马上补充了一批进步教师，并聘请中共无为特支委员刘方鼎、张泰康两位共产党员分别担任学校图书管理员和总务管理员。

在吕惠生的支持下，刘方鼎购进大量进步书籍，引导学生接受革命思想。学生们争相阅读进步小说、文艺刊物、社会科学书籍等，甚至一些“禁书”也在学生中争相传阅。与此同时，张泰康也在吕惠生的关心支持下，撤换了部分后勤人员，改善学生伙食。不久，在吕惠生的发起下，驻城各中小学还组成了学生联合会，由进步学生刘更如担任学联主席。共产党在学校的活动转入半公开状态。

虽然赶走了金唤狮，学校经费却得不到保证，吕惠生多次到县教育局找局长林汝南，林汝南都说经费紧张，有了钱一定拨给学校。吕惠生为这事找张泰康商量。张泰康说，林汝南得不到好处，不会轻易拨款。吕惠生通过关系多方查询，得知原来是林汝南和教育局财务科长刘继祥克扣贪污了学校经费。

吕惠生马上召开师生会议，揭露林汝南、刘继祥腐败行为，组织全校师生罢课，上街请愿，要求县政府给予严惩。

无为师生又罢课了。上次因罢课更换了校长，现在又闹罢课，这还罢出了甜头？县长张正纯吃过罢课的苦头，这次他改变了策略，令常县常备守住县政府大门，如遭请愿队伍冲击，不开枪不抓人，驱散即可。

请愿师生围在县政府大门外，挥着拳头高呼口号。张正纯躲在办公室里，任凭窗外传来的阵阵口号声，就是闭门不出。连续几日，天天如此。

吕惠生心里十分焦急，回校找刘方鼎、张泰康商议应对之策。

吕惠生说："这几天我们连县长的面都见不到，也不知他在不在县政府。"

刘方鼎说："县政府大门由常备队守着，只允许上下班人员进出，张正纯很容易混在其中。不过，师生罢课请愿他不会视而不见，肯定也在视情而动。"

张泰康说："不如像上次我们组织择师运动那样，宣布无限期罢课，把社会影响造大，到时他张正纯还能再躲着不出来？"

吕惠生点头说："对，一定要把影响造大，只有影响大了，他张正纯才可能接受我们的要求。"想了想又说，"不过，无限期罢课我们不能再搞了。"

刘方鼎、张泰康怔住了。

吕惠生本欲学"择师运动"无限期罢课，但为何张正纯一反常态，不与请愿师生产生正面冲突，不就是想拖延时间？几个月前，师生通过无限期罢课，迫使县政府更换了校长，现在学校教学秩序刚刚趋于正常，罢课时间长了，势必会在社会各界产生不同看法。此时宣布无限期罢课，不正中了张正纯的圈套？

望着脸上略露笑意的吕惠生，张泰康有点着急了："吕校长，不再无限期罢课，那该怎么办？"

吕惠生说："停止请愿，师生回校正常上课。"

一向疾恶如仇的吕惠生怎么会打退堂鼓？刘方鼎也急了，问："吕校长，这事就这么罢了？"

吕惠生摇头说："怎么会罢了？二位请随我到校园走一走。"

三人走在破败不堪的学校里，张泰康气愤地说："吕校长，你看这些房屋校舍，还有那边的院墙，都是因为经费被他们克扣贪污了，才无法修缮。"

破败校园哪天不见？望着吕惠生不急不躁的神态，刘方鼎忍不住地问："吕校长，看你胸有成竹，一定是有办法了？"

吕惠生点头，笑着说："二位看我这办法是否可行，我们恢复正常教学秩序，再邀请无为各界人士到学校察看。你俩也知道，他们中大多数人的子女在我们学校读书，请他们看一看校舍、校具，他们会有何想法？我们还愁造不成影响吗？"

刘方鼎、张泰康眼前一亮。

翌日，请愿队伍从县府大门外撤走了。张正纯得到常备队长的报告中，嘿嘿笑道："他吕惠生跟我斗，还嫩着呢，本县长中午请客，走，喝酒去！"

张正纯那边忙着庆贺，吕惠生这边四处奔走邀请各界人士。

当天下午，首批察看的各界人士就走进无为中学了。他们跟着吕惠生，看着破败的校园，脸色越来越凝重，有的已经开始议论。正是上课时间，吕惠生叮嘱大家声音轻一点，不要影响上课，然后就把大家悄悄带到一间教室的后门。大家勾着头向里望了片刻，很多人的脸上露出担心和不满之色。一离开教室，大家就纷纷议论开了。有的说，教室墙面石灰剥得所剩无几了。有的说，连椽子都腐了，随时有危险。有的说，屋顶透着亮光，屋顶都漏了。

吕惠生等大家说得差不多了，就指着破损的校舍、塌陷的围墙、坑坑洼洼的石子路说："大家看到了吧，我们无为仅此一所中学，理应举全县之力办好它，可教育局不顾校舍破落、校具残缺、院墙塌陷，昧着良心克扣经费，是不是天理难容？ 可学校师生一连几天去县政府请愿，却无人理睬，这还是我们无为的县政府吗？”

这番话像火柴掷进了火药筒，大家情绪爆发了，纷纷按捺不住地痛斥教育局、指责县政府。

连续数日，进校察看的各界人士络绎不绝。 他们了解学校实情后，帮着上学校找县长张正纯的社会各界人士，消息传到张正纯耳朵里，到这时他才明白吕惠生为什么悄无声息地撤走请愿队伍。 迫于社会各界的压力，他不得不罢免了林汝南、刘继祥的职务。

吕惠生趁热打铁，又去拜访商会、银行、粮行，募集了修建校舍资金，发动师生自己动手，铺路、砌院墙、修缮校舍。

两个月后，无为中学旧貌变新颜。

第三章
辗转

由于吕惠生与当局格格不入，当局也把他视为眼中钉，一年后，他便离开无为中学。

此时，无为党组织正筹资创办“濡江书店”，负责人正是中共特支委员刘方鼎。刘方鼎代表党组织请吕惠生出任董事长。吕惠生知道这是共产党的书店，欣然应允。1929年10月，濡江书店开业了，主要经营各种进步书籍，其中包括《共产党宣言》、蔡和森的《社会主义进化史》等国民党当局所列之“禁书”。

在濡江书店任董事长的这段日

子里，吕惠生接触阅读到很多进步书籍，苦苦思索今后的人生旅程。有一份半公开的报纸他特别爱读，这就是中共无为县委创办的《红旗》报。从《红旗》报宣传的内容中，他对共产党有了新的认识，深切地感到共产党就是为劳苦大众谋利益的组织。当时《红旗》报的主编由县委负责人张恺帆兼任，在他的主持下，《红旗》报刊发了许多劳苦大众欢迎的内容，其中《农民解放歌》《打倒土豪劣绅歌》等在民间广为流传。

吕惠生不仅从文字中认识了共产党，更从共产党人身上看到了这个组织的先进性。

秋收过后，无为许多粮行奸商囤积居奇，把粮食偷运出境，导致粮食短缺，当地贫苦农民无粮度日。张恺帆等共产党人组织领导了反对奸商囤积居奇、偷运粮食出境的斗争，把几十万斤粮食分给了饥饿的贫苦农民。为阻止奸商偷运粮食出境牟取暴利，张恺帆雇了几个铁匠昼夜赶制梭镖，组织农民日夜巡逻。土豪劣绅拿张恺帆没有办法，威胁他父亲，说你儿子很不安分，造了很多武器，想造反啦！国民党县政府抓不到张恺帆，就把他父亲抓去关押了两个月，勒索 2000 元“赔偿”费才获释。

当吕惠生得知这次斗争的经过，特别是《红旗》主编张恺帆为了贫困农民不惜牺牲自家利益后，不禁由衷地敬佩，渴望着自己也能成为其中一员。

时隔不久，吕惠生的渴望就在“赔当斗争”中实现了。

这是 1930 年 5 月无城的一个深夜，朱长和当铺突然发生了火灾。因是深夜，当人们发现时，火势已十分凶猛，大火无法控制。次日早晨，化为灰烬的当铺前，当铺老板苦着脸对围观的群众说：“各位乡亲们呀，典当物品和当铺一起被烧，我现在家贫如洗，还望各位典当物品的乡亲体谅。”

当铺老板这是不想赔当了。被烧当人多为贫苦群众，得知消息后个个心急如焚。他们找当铺老板想追讨回自己的损失。当铺老板说："这是天灾，我也是受害人，你们的当品我又找谁讨要？"

老板拒不赔当，受害群众只能找到县政府。县长张正纯事先收了当铺老板的好处，说这是天灾，受害人中当铺老板损失最大，撂下这话就再也不闻不问。

吕惠生听闻此事，替受害群众着急，又气又恼，却又没有办法。是呀，这是天灾，你又奈何得了当铺老板？

正当他想着如何为受害群众讨回损失时，两千多民众上街了。他们有组织地举行抗议示威，要求县政府责成当铺老板赔偿群众损失。两千多民众，这比他参与组织的几次请愿和演讲集会规模要大得多。短时间里谁有能力组织起如此多的民众？他马上想到了共产党。

很快他的猜测就得到了证实。抗议示威不到两个时辰，刘方鼎便登门拜访了。刘方鼎告诉他："当铺大火是老板自己焚烧的。纵火前，他把贵重值钱的当品都转移走了，我们已经做了详细调查，有好几个目击证人。他这么做，完全是借此图谋侵吞被他转移了的那些典当物品。"

听说了当铺火灾原因，吕惠生愤怒地说："一定要为被烧当的民众讨回公道，让这个无耻老板赔偿所有损失！"

刘方鼎说："吕先生，我今天就是代表中共无为县委，登门请吕先生出面联络无城有名望的进步人士，替受害群众去县政府交涉。"

吕惠生点头说："好，请刘先生放心，我一定尽力照办。"

刘方鼎高兴地说："谢谢吕先生了。前几天我们县委派刘静波、宋沛生几个党员发起组织起了'被烧当人联合会'，今天一早已经发动民众举行无限期抗议示威集会。这次示威集会主要是配合吕先生，直到吕先生与县政府交涉成功。"

吕惠生既兴奋又有点担心，提醒刘方鼎说："县政府若知道组织抗议示威集会的是你们共产党，肯定会派县常备队通缉抓人的，你们可要做好充分防备。"

刘方鼎笑道："吕先生不必担心这个，我们是以'被烧当人联合会'组织集会抗议示威的，轻易不会被当局发觉。不过，吕先生和无城有名望人士出面交涉，倒是会被当局记恨的。"

吕惠生摆手说："这个也请放心，我能参加你们组织的为民众谋利益斗争，即使受到当局记恨，甚至遭到通缉，也是我的荣耀。"

刘方鼎听了颇受感动，掏出一摞纸递给吕惠生："吕先生，这是我们统计的典当物品清单，与县政府交涉时，你可以作为参考。"

吕惠生接过，粗略看了一遍问道："火灾现场有没有清理？"

刘方鼎说："没有。当铺老板边都不沾，哪个又去帮他清理。不过，有不少被烧当人倒是在废墟寻找过。"

吕惠生问："找到什么没有？"

刘方鼎说："找到一些残缺的，都是不值钱的典当品。"

送走刘方鼎，吕惠生去了一趟火灾现场，接着就去联络无为知名进步人士。

翌日一早，两千多民众刚走上街头，吕惠生等进步人士就到了县政府。县长张正纯椅子还没坐热，一个卫兵报告，说是吕惠生带人为赔当一事来找县长交涉。张正纯倏地站了起来，挠着头皮咂嘴。

昨天两千多人上街抗议示威，他正愁不知如何平息，现在吕惠生他们又前来交涉，又气恼又烦躁。他知道吕惠生的厉害，又不能不见，强打精神让卫兵请吕惠生他们进来。听完吕惠生提出的被烧当人诉求，他打着官腔说："各位先生，你们为被烧当人出面，这个本县长十分理解佩服，可你们知不知道，当铺老板也是被烧当人，他的损失在被烧当人中最大，谁又赔他呢？他又拿什么赔当？"

吕惠生说："张县长，火灾是当铺老板自己纵火所致。"

张正纯愣了一下，然后嘿嘿笑道："吕先生，当铺老板又不是白痴，他为何要烧自己的铺子？"

吕惠生说："纵火前，他已转移了贵重典当物品，想借此侵吞典当物品。张县长，如此不择手段的人至今我还未曾遇过，真是无耻之极。"

张正纯问：“吕先生，都说你能说会道，可口说无凭，你有证据吗？”

吕惠生拿出典当物品清单，递给张正纯说：“张县长请看，这份清单上是不是有比较贵重的古代瓷器和金银手饰？”

张正纯看了清单，不禁叹口气说道：“这么多宝贝毁于一场大火，实在可惜了！ 可是吕先生，你也不能单凭这份清单，就证明这些当品被当铺老板转移走了。”

吕惠生笑道：“请问县长，这些物品若未转移别处，一场大火，能否将它们烧为灰烬？”

张正纯想了想，说：“瓷器、金银怎么可能化为灰烬？”

吕惠生说：“乡县长，昨天我去火灾现场看过，这些贵重典当品没留下一点蛛丝马迹，可不就是化为灰烬了？”

张正纯无言以对。

这时，从外面传来阵阵示威抗议的口号声，张正纯抬头望向窗口，有点手足无措。 吕惠生说：“张县长，当铺老板转移当品有目击证人，他们就在县府外面静候，是否请他们进来？”

口号声此起彼伏，形成连绵不断的声浪。 张正纯望着吕惠生，面无表情地摇摇头：“罢了罢了，就按清单责成当铺老板赔偿被当人损失吧。”

赔当斗争的胜利，使共产党深得民心，土豪劣绅暗地里惊呼，无为“变红了”。 就在吕惠生充满斗志，决心来跟着共产党干革命的时候，谁也没有想到，一件令人猝不及防的事件发生了。 这就是无为历史上由共产党领导的第一次武装斗争——六洲暴动。

这次暴动从 1930 年 4 月就开始酝酿了。 当时皖南特委受“左”倾冒险主义影响，多次指示无为县委组织暴动。 县委负责人张恺帆认为条件不成熟，但还是服从了皖南特委决定，于 12 月 21 日夜带着二百多人的暴动部队抵达六洲镇，向守敌发起强攻。 守敌倚仗坚固工事拼死抵抗，战至天明，敌人增援部队陆续赶到，包围了暴动部队。暴动部队几乎全军覆没，但组织者张恺帆却泅水突出了敌人重围。张恺帆突出重围令敌人恼羞成怒，派部队去陡沟镇抄了张恺帆的家，张家房屋遂被夷为平地。

“六洲暴动”终因敌我力量悬殊导致失败。

国民党当局到处通缉抓捕共产党人，党组织遭到严重破坏，突出重围的张恺帆不得已离开家乡到上海去找党组织。

无为形势突然逆转，到处都笼罩在白色恐怖之下。

吕惠生迷惘了，再次离开了家乡。

离开无为后，吕惠生先在贵池、宿州、合肥等地教书，后来又到安庆棉蚕场工作。

这一时期的吕惠生，思想斗争激烈，加入国民党时的初衷已经完全不能实现，1931 年发生了“九一八”事变，他对国民党当局更加失望，毫不犹豫地退出了国民党。

“断绝了国民党的关系……原因是我不想受那无谓的约束，我想做一个自由的人。”后来，他在《自我批评大纲》中如是说。

吕惠生对国民党已完全地失望，但共产党“六洲暴动”失败导致革命转入低潮，又使他迷惘、彷徨，不知该往何处去。后来去安庆棉蚕场工作，也许正是在他试图摆脱困惑，重拾大学毕业时的实业救国梦。

当时他已身患疾病，但仍然抱病坚持精心培育矮冬青。颇有意味的是，在那一亩实验田上他把矮冬青布成一个迷人的“方阵”，很多人进去总是兜圈子，怎么走都走不出来。每当此时他就指点迷津，告诉试图走出困境的人该走哪条路。等进去的人走出来了，他就自嘲地说：“我现在是踏进了人生的方阵，陷迷途而不能自拔，该走哪条路呢？”

社会生活和精神上的双重压力，使他身体日益虚弱。1935 年秋，头疼旧疾越发严重，实在不能坚持工作了，他才不得不返乡养病。

此时的无为一片萧条，而县政府多冗员而少干才。几个月后，刚刚痊愈的吕惠生在进步人士的呼吁下，被县政府聘请出任建设科长。养病期间，吕惠生就静心研究过无为的县情，深知在一个农业大县为政，农民最关心的就是他最应该做的事情。无为是产粮大县，缺少粮仓，经常因此造成仓储爆满、鼠害频发、霉烂变质，严重伤害到了农民利益。县府也为每年交秋粮时无法满足登场存贮，叫苦不迭。上任不久，吕惠生就提出兴建一座贮粮仓库。县府决定由他负责，在东门城外的公地上兴建这座粮库。

这天察看完粮库地址，吕惠生回到家已是掌灯时分。他在桌前刚落坐，看见昏黄的灯光下放着两封红包，下面还压着拜帖。

吕惠生拿起红包掂量了一下，实沉沉的，这是谁放在这里的呢？拜帖是本县宋、杨两位豪绅的，但又未置任何要求。吕惠生诧异，拆开一封红包，竟是一百块大洋。他把家人叫来，问是怎么回事。家人说这是宋、杨两位老爷托人悄悄送来的，至于为什么也不清楚。

吕惠生平素跟宋、杨二人并无交往，不会无缘无故送来如此重金。他略一思索，就让人请宋、杨二人到家里面谈。

很快，宋、杨二人如约来到吕家。

宋老爷一见面就恭维吕惠生："贤侄年轻有为，以后还仰仗贤侄多多关照。"

杨老爷也不甘落后："贤侄呀，我和宋老爷从小就看出你与众不同，记得你上私塾时，塾师考你才智，以'春雨润花'试你，你当即以'秋风枯草'就对；还有那年，你考北京农业大学，两千五百多人报考，只招 50 人，贤侄脱颖而出，那年我还专门向你父亲道过喜的呢！"

吕惠生不动声色，抱拳问道："不知二位长辈找小侄有何事情？"

宋老爷嘿嘿一笑："听说县府要在东城门外建粮库，贤侄到底是有识之士，所选地址是风水宝地，可贤侄有所不知，那块宝地我与杨老爷也已相中，想请贤侄略作通融，把粮库地址挪到他处，也好公私两全其美。”说到这里，他瞥眼桌上两封红包，“我和杨老爷一定余情后感！”

杨老爷马上点头：“对，对，一定余情后感！”

吕惠生知道了事情原委，微皱眉头说：“我在东城门外察看粮库地址，原来砌的那圈围墙是你们所为？”

两个豪绅忙点称是。

吕惠生说：“那是一块公地，你们私自砌墙打围，也不报告县府？”

宋老爷尴尬地笑笑，说：“那地在城外，无人问津，我与杨老爷建造私宅，是风水先生选中的。

吕惠生暗自笑了。那公地也是他为建粮库选中的，地势高，通风向阳，确实是块储粮的“风水宝地”。他望着两个满脸堆笑的豪绅说：“二位老爷，县府要建粮库，这关系到无为几十万老百姓的利益，这与你俩建私宅孰轻孰重，无须我多说了吧？”

两个豪绅面面相觑。前些天他俩碰头商议时，宋老爷说，吕惠生生性耿直，比较激进，空口白牙地找他，肯定没有效果。杨老爷说，有钱能使鬼推磨，按老黄历办，花点钱，不信买不通年纪轻轻的吕惠生。宋老爷觉得有理，这才与杨老爷各包一百块大洋，让人今天下午悄悄送到了吕家。

二人听了吕惠生的话，知道没有指望，喘着粗气不吭声。

吕惠生指着两匝红包说：“这是你们送的？”

杨老爷嘴唇翕动，刚要张嘴说话，宋老爷使了一下眼色，接过去支支吾吾说：“这个，这个拜帖是我跟杨老爷的，那个，那个红包就不清楚了。”

吕惠生斥责说：“二位老爷，行贿受贿本是寡廉鲜耻之人所为，我虽一介寒士，但绝不会为了这两百块大洋而做出违背良心的事情！”

宋老爷小鸡啄米般点头：“贤侄说的是，贤侄说的是，可这红包确实不是我们送的。”

杨老爷白一眼宋老爷，梗着脖子刚要说话，宋老爷忙拽拽他的衣袖，起身告辞："贤侄劳累一天，我们就不打扰了，往后还请贤侄多多关照。"

匆匆离开吕家，杨老爷瞪着眼睛问："两百块大洋就这么掷下水了？"

宋老爷嘿嘿一笑说："你是榆木脑袋呀？那两百块大洋是谁的，他吕惠生能不心知肚明？若我们将大洋认下了，看他横眉冷对的模样，十有八九会张扬此事，你我名声岂不受损？若他将两百块大洋不声不响私吞了，你我再回头找他，那时就不怕他不听我们的了。"

杨老爷由恼转喜，频频点头说："还是宋兄睿智。"

两个豪绅自鸣得意，回头望眼吕家大门，哈哈大笑而去。

宋老爷说的一点没错，两百块大洋的主人是谁，吕惠生心里十分清楚。他本想斥责宋、杨二人后将大洋退还，转念一想，这二人都是无城富甲一方的豪绅，既然他俩不认行贿的大洋，何不上交县府充公，但两个豪绅一走又犹豫了。他担任建设科长后，耳闻目睹了大小官员公权私用，腐败现象严重，若将两百块大洋"充公"，很可能就是羊入虎口。如何处理这两百块大洋？他望着两封红包，想起了合肥包公祠前的廉泉井、巢县城外的洗耳池。

月余后，在无城内西南隅的芝山南麓绣溪公园双溪间的长堤上，一座木结构的六角双层"洗心亭"建成。

宋、杨两个豪绅得知"洗心亭"是用他俩二百块大洋建成的，气急败坏却又不好发作，就到处散布，"洗心亭"暗指县政府腐败。吕惠生由此遭到很多腐败官员嫉恨，以致"洗心亭"匾额迟迟没有挂出。吕惠生心中愤懑之情难以自抑，遂作诗一首：

孳孳货利已根深，
哪得人人肯洗心。
只有铲除私有制，
人心才可不迷金。

不久，吕惠生便愤然辞职，再次离开让他牵肠挂肚的家乡。

第四章 共策同筹

1937 年，发生了震惊中外的卢沟桥事变，抗日战争全面爆发。

思乡心切的吕惠生于这年秋回到了无为。

那天早晨，吕惠生提着一只小小的皮箱，急匆匆奔向南昌轮船码头。他从报纸上得知，战火已烧到了他无时不在挂念的无为，恨不得插上翅膀飞回家乡。码头上人头攒动，都在争先恐后往入口处拥去。轮船一声长鸣，满载着旅客缓缓地启航了。

因为旅客太多，吕惠生没有登上这艘轮船。

几小时后，这艘轮船被日军飞机炸沉在长江中，伤亡极为惨重。

消息传来，错过这趟轮船的旅客为侥幸躲过一劫而庆幸，但更多的则是激起了对侵略者的仇恨。日军轰炸客船的残暴行径更是激起吕惠生抗日救亡的一腔热血，他在日记中写道："我是一个人，而且是受过高等教育的知识分子，当国家、民族空前困难时，我能不尽心竭力地担负起我人民一份子的历史使命吗？"

当吕惠生忧心忡忡踏上无为土地后，家乡的变化却令他感到很陌生。街头巷尾到处张贴着"停止内战，一致抗日""抗日救亡，人人有责"的大幅标语；当年他和胡竺冰等人组织集会揭露青年邢学年命案真相的老街口广场上，青年抗战协会正活灵活现地演出宣传抗战活报剧；私立义务小学操场上，国民自卫队的队员列队操练，"杀，杀"的呐喊声威武雄壮。

这不再是记忆中的"民气殊闭塞，文教不能，封建势力极为雄厚，官吏把持公事盖来已久，地方无不在激烈斗争中"的无为了。为什么会发生如此变化，吕惠生一打听，才知当年因"六洲暴动"失败出走的共产党人张恺帆回来了。

"六洲暴动"失败后，张恺帆到上海找到了党组织并留在上海从事地下工作，同年 10 月由于叛徒出卖，被国民党逮捕入狱。1937 年"七七"事变后，经党中央的交涉斗争，国民党迫于形势释放政治犯，张恺帆于 8 月获释回乡，与李世农、桂蓬组成中共皖中工委，稍后无为县委也重新建立。

当年与之并肩战斗的共产党人回来了。

吕惠生按捺不住内心的激动，马上登门找到张恺帆。彻夜长谈后，吕惠生了解到了共产党的主张，内心陡然充实起来。

1938 年 5 月 31 日、6 月 2 日，日军飞机连续两次轰炸无城。无城大街小巷到处是尸体、瓦砾、断壁残垣。面对满目疮痍，国民党县政府却充耳不闻，无城民众涌到国民党县政府门前请愿。县政府冷冷清清，原来县长韦廷杰及其同僚早已卷铺盖逃到黄姑闸去了。

韦廷杰的行径引起了民众极大的愤慨，中共无为县委及时动员各界，成立无为抗日游击司令部。抗日游击司令部成立这天，吕惠生激动不已，他从共产党人身上看到了国家的前途和民族的希望，欣然书联抒怀：

八千里路江山，方共策同筹，收拾平章臻上理；

四百兆民意志，看磨金炼铁，开张挞伐靖群妖。

当中共无为县委为争取抗日游击司令部合法地位，决定派人去黄姑闸和国民党县政府谈判时，吕惠生挺身而出，担当起了谈判的重任。

黄姑闸是一个偏远小镇，地处无为西部。县长韦廷杰躲在小镇上，整日沉溺于酒肉、麻将、纸牌之中。这一天他正摸着麻将，卫兵报告，说是吕惠生代表无为民众和抗日游击司令部前来谈判。韦廷杰对吕惠生早有耳闻，但又不把吕惠生这“一介寒士”放在眼里，他眼睛盯着麻将，手挥了一下说：“就说本县不在，让他改日再来。”

卫兵脚还没跨出门槛，又被韦廷杰叫了回来：“你把他带到县府接待厅，我随后就到。”

县常备队长等卫兵得令走了，有点不解：“韦县长还真要跟吕惠生谈判？”

韦廷杰点头说：“这事还马虎不得，非常时期，你没听说他们成立一个什么抗日游击司令部吗？吕惠生来跟我谈判，必定与此事有关。”

常备队长说：“抗日游击司令部？国军都挡不住日本人，凭他们这群泥腿子挡得住？”

韦廷杰说：“现在国共合作，这后面肯定是共产党在操纵，他们明里是为了抗日，暗里还不是抢班夺权？切不可掉以轻心。”

韦廷杰来到接待厅，乜了眼年轻的吕惠生，傲气十足地问：“你来何事？”

吕惠生不卑不亢："找你谈判。"

韦廷杰哼了一声："谈判？ 你有什么资格跟我谈判？"

吕惠生嘴角撇了一下，略带一丝笑意说："资格？ 我以无为各界民众代表的资格，请远离无城的县长大人看看各界民众的集体签呈。"

韦廷杰感到吕惠生那丝笑意背后的强大，意识到面前这个文弱书生不可小视，尴尬地接过签呈，咳了两声才说："成立抗日游击司令部是民众的意愿？ 我看另有他意。"

吕惠生说："县长此话差矣，日寇把战火已烧到无为，各种抗日力量就像散沙，特别需要强有力的组织者聚沙成丘，所以各界强烈呼吁建立抗日游击司令部，领导全县抗日武装，有效抗击日寇。"

"你的意思是要我承认抗日游击司令部？"

"我是代表各界，请县长出任司令。"

"由……由我出、出任司令？"韦廷杰倏地愣住。 他本以为这是共产党背后操纵，借机逼迫他承认抗日游击司令部的合法地位，削弱他在无为的权力，没想到竟让他出任司令，不觉有些张口结舌。

吕惠生说："前几天日军飞机连续轰炸无城，城内民众生命财产损失严重，我代表无县各界请韦县长回无城主持大局，安抚民众，团结各方力量，共同抗日。"

韦廷杰无话可说，不久便带着县政府由黄姑闸迁回无城。

由韦廷杰出任抗日游击司令部司令，是在国共合作的形势下，中共无为县委从有利于建立抗日统一战线提出来的。 虽然由韦廷杰担任司令，但中共无为县委并没放弃抗日力量的组织领导，利用吕惠生担任政训处长的有利条件，将十多位共产党员和进步人士分别安插到政训处及所属各个中队从事政治工作。

中共无为县委积极有效地开展工作，逐渐凝聚了各种成分的抗日武装。 条件成熟后，上级党组织又积极做工作，通过安徽省抗日动员委员会进步人士举荐，迫于政治、军事压力，国民党安徽省政府任命胡竺冰担任无为县长。

听到胡竺冰接任县长，吕惠生激动不已。十年前他和胡竺冰等国民党左派的进步人士在北伐军支持下，解散旧的县政府，成立革命政权无为行动委员会。在行动委员会中，胡竺冰任主任，他任秘书，一起执掌无为新生政权。后来蒋介石发动四一二反革命政变，他和胡竺冰被迫离开无为后就再也没有相见过。

当年，胡竺冰在武汉找到中共安徽省临时委员会后，经党组织介绍，到桐城县浮山中学任教，与黄镇、郑曰仁等共产党人一起，以教师职业为掩护，秘密从事革命工作。1929 年春，胡竺冰到了上海，通过党组织进入上海交通大学教务处工作，加入中国左翼作家联盟等组织，一方面担负党的宣传联络工作，一方面利用自己的特殊身份掩护共产党人从事革命活动。他早就有加入中国共产党的愿望，但党组织为更好地发挥他的特殊作用，让他留在了党外。

1937 年卢沟桥事变后，根据党的安排，胡竺冰抱病返回无为开展抗日救亡活动。翌年，他赴六安参加安徽抗日动员委员会工作，与党在大别山联络，并与新四军四支队保持频繁联系。10 月在党组织的精心安排下，他得以回无为接任县长。

接到省府免职书，韦廷杰十分不甘，把常备队长找去商量对策。常备队长拍拍挎着的手枪："现在到处打仗，凭枪杆子说话，免职书还不就是一纸空文。"束手无策的韦廷杰像抓到了救命稻草，马上命令关闭城门，加固工事，想通过武力把胡竺冰拒之门外。

为保证胡竺冰接任县长成功，四支队派手枪团进行武装干预。手枪团来到城外发起攻城，常备队凭借城高墙厚负隅顽抗。城内的吕惠生和县委事先做了周密安排，战斗一打响，便在无城北门做策应，很快手枪团就破门而入。

城门一破，常备队一哄而散，各自逃命。躲在县政府的韦廷杰得到消息，知道大势已去，慌忙收拾金银细软，在卫兵的保护下仓皇出逃。

出了北城门，韦廷杰逃到吴家塘埂，喘着气望着四周，不见一个追兵，一屁股坐在一棵大树下，这才长吁口气，对站在身边的常备队长说："我俩各自逃命吧，如我东山再起，你再来跟我。"

常备队长站着不动，盯着韦廷手中的包裹。韦廷杰站起来，从包裹里拿了几块大洋递给他，转身欲走。

呯——身后射来一枪，韦廷杰后脑中弹。常备队长冷笑着过来，从栽倒在地的韦廷杰怀里拽过包裹，扬长而去。

消灭了韦廷杰的反动武装，胡竺冰顺利接任无为县长。按照党组织的安排，吕惠生跟着胡竺冰留在县政府担任秘书。简短的上任仪式后，吕惠生颇有感触地说："胡县长，十年前你做无为临时动员委员会主任时，我就跟着你做秘书，今天你做县长，我还是跟着你做秘书。这是我第二次配合你，一定不辱使命。"胡竺冰说："惠生说的是呀。我俩又一起执掌无为政权，形势任务与十年前已大不相同，我们一定要紧紧依靠共产党，根除旧政府遗留下的种种顽症痼疾，为无为百姓谋福祉，为抗击日寇做贡献。"

这天吕惠生一夜未眠。北京农大毕业后，十多年的风风雨雨，一幕幕在他脑海里闪过。他咀嚼胡竺冰的话，坐到桌边，铺纸挥毫疾书，连夜起草新政权的《施政通告》。"……政府决定破除种种劣迹，为民造福，若有不法之徒营私舞弊，定予严惩不贷……"如何才能实现施政目的，他眼前出现了熟悉的许多共产党人。胡竺冰说得一点不错，只有紧紧依靠共产党，才是治理、改造无为，造福百姓、抗击日寇的唯一出路。

第二天，吕惠生把草拟的《施政通告》送给胡竺冰。胡竺冰看过大喜，立即令人抄写张贴。中共无为县委对《施政通告》十分赞同，并建议胡竺冰、吕惠生立即改造县常备队，为城乡人民提供一个安定的劳动生活环境，使无为成为抗战的可靠后方。

无为县委的建议一语中的，这不正是新政府首先要解决的问题吗？

经过一段时间酝酿，以无为新四军二纵队部分人员为骨干，组建了无为人民抗日自卫军，共产党员张学文任司令。同时重新成立县抗日动员委员会，共产党员魏今非任指导员。很快，各种形式的抗敌协会也迅速建立起来了。

时隔不久，新四军参谋长张云逸奉命率军部特务营北渡长江来到无为，找到胡竺冰、吕惠生等进步人士交换意见后，以新四军四支队第二游击纵队为基础组建了新四军江北游击纵队。

江北游击纵队虽然组建起来，但缺乏粮食和弹药，吕惠生四处奔走，筹集稻谷四百余担、大洋上千元。张云逸亲自写信感谢吕惠生："游击纵队刚组建，得到你这位地方领袖的鼎力支持，其功在民族，在国家。望携手抗日，救国为民，齐驱日寇出国土。"

短短几天，无为的形势发生了翻天覆地的深刻变化。这些变化引起国民党安徽省政府的注意，害怕无为成为共产党领导的天下，胡竺冰、吕惠生执掌县政权还不到二十天，便以"擅起兵端"为由，突然撤销了胡竺冰县长职务。

所谓"擅起兵端"，是指胡竺冰在新四军手枪团武力干预下接任县长这件事。胡竺冰拒绝去省政府任参议，不计个人得失，留在无为县财经委员会主任岗位上，继续配合党组织工作。

吕惠生听到这个消息时，惊愕不已，更加深了对国民党当局的认识。接任县长是广西人马炯，此人一向反对共产党，经常无事生非制造麻烦，吕惠生与他不仅在做人上格格不入，更重要的是在抗日救国的事业上存在根本分歧。中共无为县委考虑到吕惠生的实际情况，建议他离开县府，暂去立煌县（今金寨县）省抗日动员委员会工作。

吕惠生怀着依恋、惆怅之情离开家乡无为。

这年年底，他在《大别山日报》发表了《新年祝辞》，引起社会各界瞩目，都称此文语言犀利、剖析透彻、切中时弊。国民党安徽省政府掂出了这篇文章的分量，马上派人暗中调查。当得知作者吕惠生不是共产党员后，立即派说客上门，欲以重金聘吕惠生出任《大别山日报》主编。

当局不惜重金相聘，其意不言而喻。吕惠生不等说客把话讲完，便严辞拒绝：“想拿几文臭铜钱便可收买了我，这真是如何的幼稚、无理、可恶、可笑！”

重金收买不成，国民党当局便雇请御用文人，连篇累牍地发表署名文章攻击吕惠生，给他戴上一个“日伪淮南道尹”的帽子，企图以莫须有的汉奸罪加以陷害。亲朋好友担心，劝他离开是非之地，他说：“谁是谁非，世人自有公论，我若因此逃遁他乡，岂不是非不分了。”

第五章 一心向党

1939 年 3 月，进步人士陶若存到无为担任县长。吕惠生得知，马上返回家乡，登门拜访陶若存。

走进县府大门，望着熟悉的院房，他感慨万分。在这里他曾两次与胡竺冰一起执掌无为政权，尤其是去年，他的许多执政设想未能付诸实施，成为他挥之不去的遗憾。

陶若存热情地接待了他，两人敞开心扉，交流了施政想法后，又谈起了无为的共产党组织。陶若存告诉吕惠生，他跟无为县委胡德荣书记他们经常相聚商讨事情，为便于跟党组织保持密切联系，党组织还派了两名党员在县府协助他工作。说到这里，陶若存笑了起来，拍着脑门说："吕先生，你看光顾着说话了，他俩现在就在县府，竟忘了介绍。"

协助陶若存工作的共产党员是石竹、李竹平。在国民党县长办公室，吕惠生与共产党员石竹、李竹平相识。自此，他和陶若存就经常与无为县委书记胡德荣等共产党人相聚。有一次胡德荣对吕惠生说："无论党内党外，要干成事业，干部素质的高低最为关键，我们县委准备办几期党员干部培训班，想请吕先生担任主讲人，不知意下如何？"

共产党的培训班请他担任主讲人，让吕惠生感到意外，想了想说："胡书记，共产党的培训班让我这个党外人士主讲，这是共产党给我的荣誉，只是怕难当如此重任。"

胡德荣说："吕先生博学多才，又是我党的挚友，这些日子的交往，深感吕先生对我党的大政方针、理论观点、任务主张都烂熟于心，是我们培训班最佳主讲人选。"

共产党如此信任，使吕惠生激动不已。胡德荣见他不吭声，就继续说道："还望吕先生接受无为县委的邀请。吕先生在省抗日动员委员会的时候，立煌的青年学生和民众最爱听先生演讲了。"

陶若存笑着接话："吕先生思路敏捷，讲课幽默诙谐又具讽喻力量，每次演讲，会场都是座无虚席。一次吕先生演讲时就地取材，用县城一条街道的来历暗讽时弊，至今还在立煌民间流传。"

那是吕惠生在立煌礼堂的一次演讲。在讲到"立煌"这个地名时，他笑着告诉听众，我们无为县也有一个人嘛，这个人就是徐月祥，他在攻打立煌县城时立了大功，国府为了嘉奖他，把县城的一条街道命名为"月祥街"。我是徐月祥的老乡，也很自豪的，可这条月祥街究竟是个什么样子呢？我去月祥街看了一次后，大失所望，月祥街上到处摆着小便桶，原来这条街现在竟是专供摆小便桶用的。这番话引得听众发出阵阵笑声。等听众笑过后，吕惠生却又严肃起来，说："笑而塞听，非为恭也。"

巧妙暗讽揭露时弊，令人难以忘怀。现在陶若存提起这事，吕惠生忙摆手说："陶县长过奖了，陶县长之意我懂，这是让我接下胡书记交待的任务。"说着转向胡德荣，"胡书记，非常感谢共产党对我的信任，可越是如此，我越担心不能胜任。"

胡德荣说："吕先生谦虚了。无为县委第一次组织这样的培训班，我们也是很慎重的，请吕先生主讲，不仅是我个人的想法，也是无为县委的意见。"

吕惠生激动地站起来："胡书记，共产党如此信任，我一定尽力而为！"

为了给党员干部培训班讲好课，作为一个党外人士，吕惠生找来大量"红色"书籍，通宵阅读做笔记，认真按照无为县委要求撰写讲课提纲。这次担任党员干部培训班的主讲，不仅为无为县委培训了一批党员干部，吕惠生本人对共产党也有了深层次的认识，为他在今后的革命岁月里，忠贞不渝地跟着共产党干革命打下了牢固的思想基础。

吕惠生回到无为后，公开的身份是《无为日报》社长兼主编。他把《无为日报》作为宣传抗日、配合无为党组织开展工作的阵地，使抗战初期的无为革命形势发展很快，共产党在工农群众中的影响日益扩大，抗日救国的政治主张越来越深入人心，为后来皖中抗日根据地的开创奠定了基础。

迅速发展的革命形势，是国民党顽固派和当地土豪劣绅不愿看到的。这年底，新四军内部处决一名贪污腐化干部。仇视共产党、新四军的国民党顽固派和土豪劣绅利用此事大做文章，到处煽风点火，恶意攻击诽谤。有一天，国民党县党部书记带着几个人来到报社，交给吕惠生一篇文章，强令第二天头版见报。此文用最恶毒的语言攻击共产党以及新四军。吕惠生看罢，抬头对国民党县党部书记说："你们炮制的这篇文章，本报拒绝刊登。"

县党部书记瞪着眼问："为什么不刊登？"

吕惠生怒不可遏地说："共产党和新四军的所作所为谁人不知？你们拿这事恶意攻击，不觉得卑鄙吗？"

县党部书记哈哈大笑："这不是你吕惠生说了算的，如不刊登，明天查封报纸。"

国民党顽固派什么事都做得出来，吕惠生强压怒火，冷静下来，同意明天全文登报。县党部书记以为吕惠生屈服了，得意地说："都说你吕惠生嘴头厉害，不过如此！"然后带着手下扬长而去。

第二天，《无为日报》不仅全文刊登了这篇文章，还加了编者按。这段编者按是吕惠生愤然写下的，其内容如下——

"古今中外，文武官吏，贪污腐化，营私舞弊者罄竹难书！若详为录其罪行，非车载斗量不可，可过某某罪行的，岂止千万耶？然而唯有新四军，能有如此严明的纪律，不管对人民功劳多大，地位多高，一旦犯法，罪不能容。这是史无前例的！读者可以从中悉其真理，如国家今后能以此为范例，委实大快人心啊！"

报纸一出，社会各界民众纷纷称赞新四军纪律严明，是亘古未有的军队。国民党顽固派到处散布的谣言不攻自破。在国民党县党部办公室里，那个不可一世的县党部书记把报纸撕得粉碎，恶狠狠地从嘴里蹦出三个字："吕、惠、生！"

其实，就在吕惠生回到无为的 1939 年，国民党就已经把重点由对外转向对内了，一边喊着抗战，一边"防共""限共""反共"。

到了 1940 年，国民党安徽省驻军和省政府对"异党活动"进行秘密调查，同时采取一系列"防共""限共"措施。无为县形势遂发生逆转：从 1 月份开始，为防止共产党力量的进一步扩大，驻无为桂顽吴绍礼所率国民党保安一旅强令收编无为抗日自卫军，停发各级抗日动员委会活动经费，限制各界抗敌协会活动；到了 3 月，竟然动用武力直接与新四军搞摩擦，劫持了由张云逸夫人、儿子等二十余人护送的七万余元军饷，并残忍地活埋了前去交涉的江北游击纵队宣传科长田丰同志。

新四军军饷被劫、田丰同志被残害，这件事激起了吕惠生对国民党顽固派的无比仇恨，担心共产党人再遭残害。此时的他怎么也没想到，自己的名字却上了安徽省政府清除异党的黑名单，正处于危险之中。

4 月上旬的一天，吕惠生接到一份请柬："兹定于 9 日上午 8 时在无城一品轩举行酒会，敬请光临。"吕惠生一了解，无城各界不少名流都接到了同样的请柬。顽固派吴绍礼葫芦里卖的什么药？吕惠生感到诧异。9 日是第二天，去不去？此时无为县长已经易人，接替陶若存的人叫李天敏。晚上，吕惠生正犹豫要不要找新县长打听情况，一个姑娘上门送给他一封信，这个姑娘显得很着急，紧张地说："我家老爷不能前来，他千叮咛万嘱咐，让我一定要送到吕先生手上，一刻也不能耽误。"姑娘说完就匆匆离去。

吕惠生拆开信封，看完脸色陡变。原来酒会竟是吴绍礼摆的鸿门宴。

昨天，省政府密电吴绍礼及无为县政府，立即逮捕吕惠生等人。为确保一网打尽，吴绍礼密谋策划，决定摆这个鸿门宴。新县长李天敏也是一位进步人士，接到省政府密电，心急如焚，得悉吴绍礼摆的是鸿门宴后，当即密写一封便笺，让家里的保姆速去告知吕惠生。

烧掉便笺，吕惠生陷入了沉思。如果他连夜出走，李天敏很可能招来杀身之祸。思来想去，他叫过夫人沈自芳，让她带着孩子悄悄出城先去老家吕港村，路上如有人问起，就说回乡为祖母上坟。

翌日刚过早上 7 时，身着长衫的吕惠生早早来到一品轩。台阶两边站着全副武装的卫兵。吕惠生递上请柬，卫兵见是吕惠生，点了一下头，便有两个卫兵跟上，一左一右地"陪着"吕惠生走进大门。

吕惠生在一张八仙桌旁坐下，望着空荡荡的宴会大厅，说了句远路赶早集，就跟卫兵聊了起来："昨天我在乡下有事，一早往无城赶，怕迟到对你们吴司令不礼貌，连家都没回就过来了。”

卫兵望着吕惠生鼓鼓的怀中，说：“怀里揣着什么宝贝呀，藏着掖着的。”

吕惠生手掏出怀里的布兜说：“哪有什么宝贝，是我在乡下给人家写词赋得的赏钱。”

又聊了几句，吕惠生突然“哎哟”起来，脱下长衫，把布兜放桌上，吸着气说：“兵爷，早上赶路着凉了，拉肚子了，这些大洋帮我看一下。”说完就从布兜里掏出几块大洋递给两卫兵。

一个卫兵掂掂大洋，眼睛盯着布兜说：“我俩帮你看着，放心去拉你的肚子吧。”

吕惠生望一眼两个不怀好意的卫兵，连说谢谢，就急匆匆地去了厕所。

两个卫兵眼睛盯在布兜上。过了一会儿，一个卫兵说：“我看着大洋，你去看看人怎么还没回来。”另一个卫兵说：“要看你去看，我在看着大洋。”

两个卫兵互相推辞，都不肯去厕所找吕惠生。

又等了一会儿，一个卫兵嘀咕说：“都这么长时间了，拉肚子也该拉好了，怎么还没回来？”

另一个卫兵说：“大洋、长衫都放在桌上，你怕他跑了不成？”

参加宴会的人陆续都到了，吕惠生还不见踪影。两个卫兵坐不住了，一个抓过长衫，一个拎起布兜，这才骂骂咧咧地去厕所找吕惠生。

走进厕所，哪里还有影子。原来吕惠生一进厕所就翻窗而出，径直往老家吕港村奔去，与早就等候在那里的夫人子女会合，套了一辆马车，往新四军江北游击纵队驻地西北乡严家桥奔去。

不见吕惠生，卫兵奇怪，长衫可以不要，大洋也不要？卫兵心存侥幸，指望吕惠生还会回来。直到酒会开始了，卫兵才沮丧地去报告，吕惠生不见了。

吴绍礼得到报告，令人四处搜寻，最后发现临街后窗开着，方才知道吕惠生是从后窗逃走的。望着到处都是佩枪的士兵，吴绍礼后悔不已，以为吕惠生是到一品轩后发现了破绽才逃走的。

得知吕惠生已经逃走，县长李天敏悬着的心放下了。

李天敏来到一品轩时，听卫兵说吕惠生早就来了，心便悬了起来。他清楚吕惠生的为人，接到消息却不连夜转移，一定是怕引起吴绍礼对他的怀疑。但他暗自四处寻找却不见吕惠生踪影，原来是早已巧妙脱身了。

当吴绍礼派兵追捕到吕港村时，吕惠生一家已经到了游击纵队驻地。

第六章
走上革命路

游击纵队对吕惠生的到来非常重视，新四军张云逸参谋长专门为他组织了一个欢迎会。在欢迎会上，吕惠生激动地说："这是我到革命实践中锻炼自己、改造自己的好机会，也更加坚定了我要走革命武装斗争之路。"

吕惠生脱险投身革命，他的挚友胡竺冰却在国民党清除异党中不幸辞世。胡竺冰在国民党眼中，早就是异党分子了，由国民党保安八团负责通缉抓捕。当时胡竺冰正生病，听到消息，病情加重，新四军叶挺军长、张云逸参谋长闻讯，立即命令江北游击纵队护送胡竺冰到新四军军部就医。护送的游击纵队战士突破了保安八团重重封锁，但胡竺冰途中病情恶化，抢救无效去世。临终前还嘱咐家人：“胡家后代都要参加新四军！”

消息传到游击纵队驻地，吕惠生百感交集。失去挚友的痛苦更加坚定了他跟着共产党革命到底的决心。他在日记中写道：“我之全家，已委托全部生命于革命，革命进则我家存；革命败则我家亡，此已为明显不易之铁的事实，我何他虑。”

1940年，对于无为这片热土无疑是一个饱经磨难的年份。就在吕惠生率全家投奔新四军江北游击纵队不久，国民党桂系顽军就不顾日军近在咫尺，向江北的新四军大举进攻了。桂顽在李品仙的指挥下，一三八师和第七、第十二游击纵队进攻驻守路西的新四军江北指挥部和四支队，保安六团和几股地方土顽合力进攻驻守青龙厂、褚家圩的新四军新八团。

新四军江北指挥部立即组织了反击战。战斗打响后，驻守皖中地区的江北游击纵队主力奉命去路西参战。趁江北游击纵队兵力空虚，吴绍礼率顽军一七六师和两个保安团共四千多人，向江北游击纵队司令部及驻无为地区的新四新九团大举进攻。由于敌众我寡，纵队参谋长桂逢洲在照明山激战中牺牲，照明山反击战最终失利。纵队为保存有生力量，立即组织部队和党政机关撤往淮南津浦路东根据地。

吕惠生不得不带着家人随游击纵队一起北撤。他和夫人沈自芳带着四个孩子，风餐露宿，苦不堪言。连续行军，连吕惠生都十分疲惫，望着默默往前走的四个未成年子女，他不停地鼓励孩子们，告诉他们这是难得的磨炼机会，坚持到底就是胜利。这也是他对自己的一种勉励。大女儿刚过十岁，幼女才四岁，吕惠生夫妇始终抱着小的拽着大的，咬着牙跟着大部队往前走。

北撤的路上，不仅要忍饥挨饿，有时还要昼伏夜行，而且顽军像甩不掉的尾巴，追着北撤的纵队，经常是枪炮声伴随着转移的脚步。

一天傍晚，后面传来激烈的枪声，这是殿后掩护的部队在阻击顽军。吕惠生夫妇抱起两个子女，一家六口一步不落地跟着大部队急行军。快到半夜，枪声渐止，纵队进入一个小村庄暂时休息。四个孩子又饿又困乏，四岁的幼女哭着喊饿。夫人沈自芳问吕惠生还有没有吃的。吕惠生心疼孩子，出去寻找充饥的食物。在临时医护所，他接触到一个受伤刚做过手术的战士。这名战士是在阻击追击顽军战斗中负的伤。为掩护战友摆脱危险，这名战士主动殿后，一手堵住流血的伤口，一手甩手榴弹，独自往另一个方向撤退，最后利用夜色掩护，消灭六名顽军后，安全地回到了纵队。

吕惠生问这名战士："你想到能安全回来吗？"

这名战士说："我是党员，最危险的时候就应该挺身而出。"

吕惠生深受感动，回来后把这名战士的事迹讲给孩子们听，要他们以这名战士为榜样，尽快成长。孩子们被父亲的真诚感化了，就连四岁的幼女也不再哭着要吃要喝。这名战士的形象就像一面镜子，时刻提醒激励着吕惠生。吕惠生在日记里写道："我发现这位普普通通的战士，他的形象如此高大，他的信念如此坚定。我也是一名游击队战士，可是由于我的小资产阶级思想的狭隘，和他相比，差距太大了，我应向他好好学习，做一名合格的普通士兵。"

纵队条件艰苦，吕惠生跟士兵一样，身穿灰色粗布衣，脚穿自己编的草鞋。过去他没穿过草鞋，连续行军打仗，脚磨破了，纵队领导要给他换一双布鞋，他笑哈哈地说："我决心将草鞋穿到终身，才算思想在换，立场在变。"夫人沈自芳悄悄问他："脚打了那么多血泡，也不是没有布鞋穿，非要穿草鞋，不疼吗？"吕惠生说："自芳呀，脚磨破了，真的不痛吗？不，这只是我为革命开始流出的第一滴血，走革命路不怕脚打血泡，只要革命需要，我要为革命流尽最后一滴血！"

一个多月后，吕惠生一家终于跟着北撤部队在淮南路东半塔集驻扎下来。

部队和机关在淮南津浦路东根据地短暂整训后，组织上任命吕惠生为联防办事处文教科长。这是吕惠生在共产党领导下的抗日民主政权中担任的第一个职务。任职时间不长，又被党组织调到仪征，担任民主抗日政府县长。

仪征抗日根据地是共产党新四军刚刚开辟的，日伪经常“清乡”“扫荡”。当时县政府不足十人，办公地点设在月塘集海会寺，但为避开日伪“清乡”“扫荡”，经常要随游击队转移地点，有时一个晚上要转移两次。尽管如此，吕惠生仍然坚持深入乡村，发动群众，建立乡、村抗日政权。

在建设抗日民主政权工作中，他特别重视群众实际困难，组织发展生产，解决军需民食，尤其是在当时形势十分复杂的背景下，敢于为老百姓说话撑腰。

7月里的一天，曹集有一个叫朱松林的青年佃户，因大地主曹察秋不遵守减租减息法令，请人写了一纸诉状告到了抗日县政府。一个穷佃户告当地的一个大地主，这在当时无疑引起轩然大波。支持朱松林的说，减租减息是抗日政府法令，曹察秋不减租减息，就是违反政府法令，告得有理。但更多的是怀疑和担心。有的说：“八字衙门朝南开，有理无钱莫进来。”有的说：“穷不与富斗，民不与官争。”有的说：“朱松林惹祸事了，不垮也得脱层皮。”

朱松林二叔听说侄子告大地主曹察秋，马上赶到朱松林家。朱松林少年丧父，是二叔一手拉扯大的，虽说现在成了家，但很多事情都听二叔的。二叔一进门就埋怨说：“松林，佃户交租子那是老祖宗早就定下来的，你怎么把曹家告了？曹家什么根基，四乡八里数得上的大户，我们朱家县政府里又没亲没故的，你能告得赢？”

朱松林说：“二叔，县里的那个吕县长我见过，可好了，说的话都是向着我们穷人的。”

二叔叹气说：“向着穷人？穷人告倒富人的，你小子见过？写状子也不跟我说一声，事惹下了吧？我本来想叫你撤了状子的，可听说那个吕县长已经过问这件事，也只好听天由命了。唉！”

朱松林却梗着脖子说：“二叔，你也不是没看到，新四军来了以后，对我们穷人多好，现在抗日政府搞减租减息，就是为我们穷人着想，他曹家不减租减息，就是违反政府法令，我告他在理。我就不信，吕县长和抗日政府还能给曹家撑腰？”

二叔一听急白了脸：“你真是个愣头青，一点人情世故不懂！”想了想不放心，又说，“接到传票告诉我一声，我跟你一起去。”

没过两天，县政府的传票到了，要朱松林第二天去县政府。二叔得知后一夜没睡好，次日一早就跟朱松林一起出门。

按照路人指点，叔侄俩来到海会寺。寺庙门开着，没有一个站岗的哨兵，烧香的群众进进出出。叔侄二人站在寺庙门口发愣，过了一会儿问烧香的群众，才知县政府就在里面。

走进大门，叔侄俩看到大殿旁边一间屋门口挂着牌子，连在一起的几间屋里还不时有穿灰军装的人进出，估计八成就是县政府办公地方了。叔侄俩走过去，一个年轻人迎上来，问了姓名来意后，就把他俩领到一间屋子里。

屋中摆设很简单，一张普通的方桌，几条长板凳，里面靠墙的地方是门板搭起来的一张床铺。叔侄一进门，桌边坐着的一个中年人马上站起来，笑眯眯地说：“老乡，快请坐。”

刚才看到屋里的摆设，二叔就已经很诧异了，这与他想象中的县衙大相径庭。而眼前这个打绑腿、穿草鞋的中年人又会是谁呢？二叔愣愣地站着，不知如何称呼。

朱松林虽然见过吕惠生，但那是在一个大会上，现在面对面地站着，还有点拘谨，怯生生地喊了一句：“吕县长！”

原来这个中年竟是吕县长，二叔怔了一下就上前跪下：“县长大人，我这侄子不懂事，胡乱告状，还望县长大人宽恕。”

吕惠生一把将他拉起说：“快起来，现在是抗日民主政府，不兴这套，快请这边坐。”

叔侄二人被吕惠生请到桌边坐下，又倒了两碗茶水递给他俩。朱松林嘿嘿地笑，他二叔悬着的心也放了下来。

吕惠生坐下问：“你们告的曹察秋是吧，状子上告他没有遵守政府减租减息法令，请你们再具体说说情况。”

朱松林咳咳嗓子，就把曹家剥削他们佃户的几件事说了。他二叔见吕惠生很认真往本子上记，就把话接过来，说侄子没讲清楚，自己又反反复复讲述起来。朱松林听了，又嫌二叔哆嗦，抢过话头从头再讲。

叔侄俩抢着说话，碗里的茶水也喝完了，吕惠生又给他俩续上，又继续耐心地听，直到两人都不讲了，才翻看着本子上记的内容说：“你们告曹察秋，主要是三条，你们听一下对不对。一是他不支持抗战，装穷当田，还要加租子；二是他不遵守政府法令，没有二五减租、三七分租；三是你们欠他的粮食，还是对半利算账，利上滚利。”

叔侄俩点头：“对对，我们告的就是这三条。”

二叔说着就拽起朱松林，又要给吕惠生下跪磕头。吕惠生一把拽住，把他俩按在凳子上，笑着说：“看看，你又来这套了。老乡，减租减息是政府的法令，是抗日救国的大事，人人都要遵守。抗日民主政府是人民的政府，是为老百姓谋利益的，放心吧，我们政府一定会把这件事办好！”

说完这些，吕惠生就转移了话题，询问他们家里几口人，种几亩地，农具齐不齐，还有什么困难，需要政府做些什么。这哪是办案，就像庄户人蹲一起聊天拉家常。叔侄二人心里暖洋洋的。

把叔侄俩送走，吕惠生召集开会专门研究这件事。

他对县政府的同志说：“我们要感谢朱松林的告状，他告状的内容看似个案，其实带有普遍性。大家都清楚，减租减息是我党在农村的一个基本政策，但刚颁了这个法令，就有人违反，处理得不好，不仅影响政府法令能否执行，更有损共产党、新四军在群众中的形象、地位，对抗日根据地的建设、群众基础的夯实都是有百害而无一利的。”说到这里，吕惠生又强调，“但我们又不能简单处理这件事，我们当前实行的是抗日统一战线，所以不仅要保证政府法令的执行、维护群众的基本利益，还要团结、争取曹察秋这样的地主共同抗日。”

吕惠生的分析得到与会同志的支持，大家一致同意先派人下乡调查，同时去做曹察秋思想工作，争取让他与朱松林“和”了这场官司。

几天后，县政府就有人到曹集走前庄、进后庄，接触的调查对象有佃户、自耕农，还有私塾先生。 他们都说，县政府的人不扰饭，不扰烟，说话也客气，哪像以往。 此事很快传遍四乡八里，成为老百姓茶余饭后挂在嘴边的话题，都说“为了佃户一张状子，竟然劳师动众，真是看重庄户人家”。(摘自吕惠生日记)

曹察秋没按法令减租减息，被朱松林告到县抗日政府，心里正七上八下的，听说县政府派人调查，坐不住了，这天午后跟他父亲曹寿商量，就说这事是曹寿所为，他事先不知道。 统一口径后，曹寿叫过伙计，让伙计去请朱松林来曹家一趟。

东家客客气气地请佃户，这是过去没有过的事，一定是因为案子。 朱松林问登门请他的伙计：“让我去曹家什么事情？”

伙计说：“这是老东家曹寿大老爷让我带的信，什么事情得问老东家。”

老东家曹寿？ 告的是东家曹察秋，怎么会是老东家出面？ 朱松林想把事情弄清楚，没去告诉他二叔，跟着伙计就去了曹家。

走进曹家堂屋，老东家曹寿满脸堆笑迎过来，让座后又叫下人递烟端茶。 老东家对待佃户一向都很威严，这回却这么客气，朱松林不知他葫芦里卖的什么药。

曹寿坐下后，看看天色，叫下人下去准备鸡蛋晚茶，然后转向朱松林说：“我家察秋外头事多，家里这摊子事让我打理，新政府颁发法令，搞减租减息，我是旧人，不懂这个，还是按老规矩收租收息。 你把这事告到县政府，又何必呢？ 松林呀，庄户人家亲不过东佃，看在我老面子上，松林你就不必太顶真了，我这个人知恩图报，往后你有什么难处尽管说，只要能帮忙的，我老曹决不推辞。”

朱松林知道这是想让他撤诉。县政府派人下乡调查前，东家为什么不提撤诉？现在怕了？朱松林想到这个，一种自豪感油然而生。前些天在海会寺吕县长说过，抗日民主政府是人民的政府，是为老百姓谋利益的政府。这话说得多解气呀！有抗日民主政府为老百姓撑腰，管他什么大老爷！

老东家曹寿见朱松林不吭声，咳两声又辩解说："听说你状子里告我老曹家装穷当田，那真是冤枉了。田是手心的肉，不是实在周转不过来，哪个忍心当呀！"

朱松林不想听下去了，站起身来说："老东家要是没别的事，我就回去了。"说完迈腿就走。

曹寿急忙起身："松林留步，晚茶就好了，吃了再走不迟。"

朱松林头也不回，曹寿长叹道："真是天变了，过去还没见过佃户如此对待东家的。"

曹察秋听父亲说了经过后，担心起来，生怕抗日民主政府拿他当靶子，整天呆在家里长吁短叹。没想到两天后的一个早上，吕惠生居然登门拜访。那天下人过来禀报时，他怔住了，直到下人提醒他，才让下人快请吕惠生到堂屋用茶稍候。

曹察秋与吕惠生没有什么交往，突然造访一定是因为朱松林的告状。他忐忑不安地来到堂屋，望着一身灰色布衣军装的吕惠生，颤巍巍地拱手说："不知吕县长亲临寒舍，有失远迎。"

吕惠生拱手回礼，笑着说："曹先生是开明乡绅，我作为抗日民主政府县长，理应登门拜访，共商仪征县抗日救亡大计。"

曹察秋有点意外，忙摆手说："惭愧，惭愧，于抗日救亡，我并无一点贡献，不过作为一个中国人，我也想为抗日做点事情。"

吕惠生说："我们共产党提出建立抗日统一战线，就是希望全国民众团结一致共同抗日。像曹先生这样的开明乡绅，如能出来为抗日做事，我们抗日政府举双手欢迎。"

曹察秋说："承蒙吕县长信任，吕县长需要我做什么，我一定尽力而为。”

话说到这个份儿上，吕惠生就把话转入了正题：“曹先生，最近有佃户到县政府告你不遵守政府法令，不实行减租减息，这又为何呢？”

曹察秋闻言，顾不上揩额头上冒出的冷汗，马上就解释说：“吕县长，这是家父所为，我也是事后才知道的。”

吕惠生笑道：“噢，是曹老先生，你家佃户告的倒是你，谁叫你是户主呢。”

这话就差点破了曹察秋的托辞，曹察秋慌忙说：“家父是按祖上传下来的规矩收租子的，也怪我没跟他交待清楚，政府已颁布了减租减息法令。”

吕惠生因势利导地说：“曹先生，抗日政府颁布此法令，是抗日救亡的需要。”

“抗日救亡需要？”曹察秋不解。

“政府搞减租减息，目的是调动根据地农民的生产积极性。农民有积极性了，就可多产粮食。多产粮食了，农民就能丰衣足食，根据地的新四军也有了可靠粮源。同时，农民也会踊跃参加新四军，去保卫自己的家园不被日寇侵犯。如果形成这个局面，根据地就能巩固发展，抗日救亡就可往前推进。曹先生，你说这是不是抗日需要？”

曹察秋小鸡啄米似的直点头。

吕惠生说：“这个法令其实对曹先生也是有益无害的。”

“对我有益无害？”曹察秋不解地望着吕惠生。

吕惠生说：“不是吗？假如根据地总是遭到日本鬼子的侵扰，你家的地再多，谁又能安心地去种？减租减息既是为农民谋利益，但更是为了抗日根据地的建设，只有建设好根据地，我们的新四军才能壮大，才有能力抗击日寇。”

曹察秋若有所思地点头称是。

吕惠生如此几次登门，深入浅出地向曹察秋宣传党的抗日统一战线，讲解减租减息的现实意义，终使曹察秋思想有了变化，向吕惠生认错说：“吕县长，都是我思想落后，看不清大局，请县政府按照法令严判。我一定以此为诫，多做有益于抗日救亡之事。”

吕惠生也给曹察秋面子，说：“朱松林的诉状政府就不判了，我建议由你曹家主动与佃户朱松林沟通，按政府法令规定，双方和了这个官司如何？”

曹察秋感动得连连说道：“谢谢吕县长！”

过了几天，佃户朱松林接到传票，说是县长吕惠生在月塘海会寺等他。吕县长去过几次曹家他也听说了，心里并不踏实。赶到海会寺，县政府的一个年轻人正等着，说集上一个群众家里有困难，吕县长上门了解情况去了。

在那个群众家里找到吕惠生，朱松林开门见山地问：“吕县长，今天县长该断案了吧，怎么不见曹老爷？”

吕惠生笑了起来：“你官司赢了，还用着他来吗？”

朱松林愣道：“赢了？”

吕惠生说：“赢了，当田加的租子不加了，麦季的租子按政府规定减二成半，过去的高利贷一律不算，东家把欠条还给你。”

就这么赢了？曹家没人出过一次场，服吗？朱松林望着桌子，一张写字的纸都没有。没有判决书，吕县长说的算数？

吕惠生看出了朱松林心思，又说：“刚才那几条都是你那个东家点头答应的。曹家主动提出跟你和官司，我看就给他家一点面子，跟他和吧。”

朱松林半信半疑，点头表示同意。

朱松林回家跟二叔说了这事，二叔说，这肯定是吕县长做的工作，目的达到了，又不结仇，和官司更好。

曹家得到吕惠生派人传来的消息，也非常感激，马上让伙计去朱松林家，表示想约朱家“和官司”。两家商定“和官司”的那天，朱家叔侄俩来到月塘集刘家茶馆时，里面早已坐满了人。除了跟“和官司”有关的东家曹察秋、租田保领、中人和当曹家田的地主，还有闻讯而来的群众。

朱家叔侄坐下，曹察秋请朱松林提条件。朱松林跟二叔在家反复想过，一条一条摆了出来。曹察秋很爽快，全部一口应承，并且当即就办手续。事情很快就圆满办结，曹朱两家都很满意。

吕惠生虽然没到现场，但很关注这场“和官司”的结果。他让县政府的一名同志悄悄去茶馆旁观，这名同志直到曹察秋办了一桌酒席，请朱家叔侄和跟这场官司相关的保领、当田地主、中人以及几位德高望众的乡绅坐上酒桌后，才回到海会寺向吕惠生一五一十地进行了汇报。

当听说曹朱两家朋友一样在一起喝酒时，吕惠生长吁一口气，对在场的同志说：“这是一幕很有意义的活话剧，对仪征全县实行减租减息将是一个有力的推进。”

后来的事实诠释了吕惠生的预言，在短短几个月的时间里，全县减租减息开展十分顺利，为后来皖中根据地开展这项工作提供了宝贵经验。

几个月后，也就是1940年的中秋节前，组织上调吕惠生去在盱眙县天王寺担任刚创立的路东八县联合中学副校长。接到调令，县委书记石竹说：“八县联中是根据地培养人才的学校，对根据地建设十分重要，校长由津浦路东前敌委员会书记、淮南联防办事处主任方毅同志亲自兼任，吕县长肩上的担子不轻呀。”吕惠生很有信心地说：“有方主任的领导，我一定把联中办好！”

晚上，县委县政府举行欢送晚会，石竹高度评价吕惠生：“吕县长在仪征时间虽短，但他深入群众，苦干实干、讲究实效的精神令人难忘。吕县长虚心好学，有丰富的社会阅历，渊博的文化知识和处理政务的高超艺术，他是深受人民爱戴的好县长。”

吕惠生致词：“国家兴亡，匹夫有责，吕某一介书生，能在中国共产党教育领导下，为抗日救国尽职，即使马革裹尸，也在所不惜。报效祖国，报效人民，舍此无他。”

听说吕惠生调走，许多群众赶来送行。在送行的人群中吕惠生看到曹察秋。此时曹察秋已经参加一些抗日工作了，还被选为公田管理委员会成员。吕惠生欣慰地跟他握手，鼓励他继续为抗日政府多做一些事情。曹察秋表示一定记住吕县长的教诲，又告诉吕惠生，朱松林的二叔也赶来了。

朱松林二叔挤在人群里，吕惠生走过去跟他握手告别时，问起了朱松林。他自豪地告诉吕惠生，说侄儿响应党和政府号召，已经参加了新四军。

一旁的曹察秋听了，想起吕惠生跟他说过的话，不觉去望吕惠生。

两人相视而笑。

第七章 忘我

1941 年 5 月，吕惠生回到了家乡无为。

年初，发生了震惊中外的“皖南事变”。九千多名新四军官兵被国民党七个师八万多人包围。突围战打了七天七夜，叶挺军长和一千多名新四军官兵被扣押，副军长项英被叛徒杀害。突围出来的新四军官兵一部于一个月后渡江来到江北的无为。

皖南事变早在 1940 年蒋介石就开始酝酿了。10 月 19 日，蒋介石发出“皓电”，勒令黄河以南的新四军、八路军，限一个月内集中到黄河以北地区。此时，国民党第三战区司令长官顾祝同已在新四军北移的路上布下重兵。不仅如此，他们甚至还把新四军行动的日期和路线，有意泄露给沿长江布防的日本鬼子。

皖南上空硝烟未散，1月17日蒋介石宣布新四军为“叛军”，取消番号，下令进攻新四军江北部队。三天后，中共中央军委下令，重建新四军军部，由陈毅出任代军长，刘少奇任政治委员。新四军七师主要由无为游击纵队，皖南事变后突围到无为的部分干部、战士及无为、巢县一带的游击武装组成。

5月1日这一天，新四军七师在无为县江坝乡冒新村胡家瓦屋成立。

时隔不久，无为县抗日民主政府也在三官殿成立(后迁到牌楼)。

无为县抗日民主政府共辖9个区、86个乡，83万人。除第一区(无城)被日军占领外，其他都被新四军七师和地方武装所占据。这是皖中第一个完整的抗日民主政权，对开辟皖中抗日根据地有着十分重要的意义。

5月中旬，吕惠生接到皖中区党委通知，调他担任无为县抗日民主政府县长。这是七师所在地的抗日民主政府，也是皖中根据地成立的第一个抗日民主政府。吕惠生激动不已，不仅因为可以回家乡工作了，更重要的是他感到了组织对他的信任。

吕惠生上任前，陈毅军长在盐城新四军军部和他专门进行了一次谈话。一番语重心长的叮嘱后，陈毅笑道：“你去无为当县长，对头！无为素称鱼米之乡，你对当地很熟悉，又有丰富经验，以后新四军肚子饿了，没啥子吃的，就得向你要。”

陈毅军长诙谐的语言，把吕惠生也说笑了。当然，他清楚陈毅军长说的不是笑话，而是深切的信任和期望。他感到了一种无上光荣和责任，敛起笑意，挺胸说道：“请陈军长放心，我吕惠生一定恪尽职守，保证完成党和新四军交给我的任务，建设好抗日民主根据地，全力支持抗战！”

陈毅满意地点头，连说“要得要得”，嘱咐吕惠生尽快去无为上任。

吕惠生站起来敬礼辞行。走到门口，又被陈毅喊住。陈毅手里拿着一支德造小手枪，走过来说：“吕县长，临别没什么送你，这把手枪送给你。”

接过手枪，吕惠生泪水盈满眼眶。

辞别陈毅军长，吕惠生一刻也没停留，离开盐城直奔家乡无为。

每次回无为，吕惠生都有感触，但这一次与以往不同，他不再是摸索中前行的进步人士了，而是共产党、新四军领导下的抗日民主政府的县长。

“革命事业就是生命！”“三更灯火五更鸡，累断命根不迟疑……生命只是一条在此，干罢！鞠躬尽瘁，死而后已。”（摘自吕惠生日记）这是吕惠生为后人诠释的“革命、生命、拼命”之间的关系：生命的意义在于革命，只有拼命干革命，生命才具有存在价值。

此时的吕惠生虽然还没有入党，但作为共产党领导下的抗日民主政府的县长，他早已把自己当成一名党员了。在他的灵魂深处，党的事业就是自己的毕生事业，只要是党提出来的任务，都不折不扣地坚决落实。为此，不管战争环境多么严酷，还是工作多么繁忙，他都特别注意学习党的文件和有关方针政策，生怕执行有偏差，落实不到位。他公文包里总是放着毛主席的有关论著和党的重要文件，一有时间就拿出来学习。

冬天的一个晚上，吕惠生从县委林立为书记那里借来一本毛主席的《论持久战》，正看得入神，一个黑影麻溜地潜入他的房间。这是窥视吕惠生很长时间的一个小偷，想从一县之长的房间里偷到值钱的东西。夜深人静了，吕惠生还在秉烛读书，没有一丝睡意。躲在床底的小偷本想等他熄灯入睡后再伺机行窃，但吕惠生却时而捧书，时而往本子上写字，兴致越来越浓。时间一分一秒过去，趴在床底下的小偷越等越急，抓耳挠腮，胳膊肘不慎碰到床底一只木箱，发出了很大的声响。小偷吓得出了一身冷汗，赶紧爬出来，不顾一切地夺门而逃。

哨兵发现了跌跌撞撞逃跑的小偷，逮住一问知道了原委，就押着小偷去吕惠生房间。吕惠生还在专心致志看书，听到门外有人大声报告，才抬头望向门口，让哨兵进来。

凌晨了，他以为是什么突发情况要报告，当听说眼前这个小偷在他房间潜伏了两三个小时，有点不相信。问小偷是不是如此，弄得小偷反倒有点诧异，一边勾着头看吕惠生手上的书，一边不相信地嘀咕说："那么大动静，难道没发现？"

吕惠生如此重视学习，有的同志问他为什么，他回答说："我们何以战胜敌人，只有精心刻意，把中央给我们的政策，研究好、执行好。"这一时期，他看得最多的是毛主席著作和党的文件，在他为后人留下的七本日记里，详细记载了学习心得。此外，他还通读了诸如《党的政策讲授提纲》《战后的中国》《关于减租、生产、拥政爱民及宣传十大政策》等理论文章。

中央的方针政策吕惠生烂熟于心，根据地的军民都喜欢听他讲解。难能可贵的是，他把中央的方针政策开创性地落实到实际工作中去，亲自起草了一系列文件，颁发了《新四军无为县人权保障暂行条例》，公布了《二五减租试行办法》及《减息试行办法》。他没忘记陈毅军长的嘱咐，县政府一成立就设立了垦荒局，专门负责开垦土地，扩大耕种面积，在不到一年的时间里，开垦荒地七万多亩，为陈毅军长提出的"以后新四军肚子饿了，没啥子吃的，就得向你要"的目标打下了坚实的基础。

吕惠生担任无为县长时，无城已被日军占领将近一年。

在无为抗日根据地中，新民区东临无城，是敌我双方都在争取的边缘地区，乡村保甲长仍由国民党时期遗留下的人员担任，敌我双方你来我往，频繁出入，许多保甲长都处于摇摆不定的状态。

为了开展新民区的抗日工作，吕惠生找到区工委书记骆斌商量，提出召开全区保甲长会议，由他做一次爱国主义和民族主义教育报告。吕惠生说，这次会议规模要大，不仅三十六个保的保甲参加，还要邀请全区各界有关人士。骆斌担心规模大了，会引起无城日军的注意。吕惠生说，我们就是要营造一个氛围，鼓舞新民区民众抗日斗志，让保甲长们和各界人士相信我们抗日民主政府。

骆斌还是不放心，提出由他代替吕惠生做教育报告。吕惠生不同意，说由县长做报告本身就是一种宣传鼓动，效果会更好。骆斌说万一无城日军出动，吕县长的危险太大了。吕惠生笑着说，干革命哪有不危险的？我的命就比你金贵？再说了，我做的报告比你多，我讲恐怕比你讲更能让保甲长们接受。

骆斌不说话了。

会议地点选在东王村王氏祠堂，开会那天骆斌派出了暗哨，密切注意无城日军动向。那天早上，三百多人陆续来到了王氏祠堂。新民区召开这么大规模的会还是第一次，骆斌主持会议介绍吕惠生时，很多不相识的人都愣住了，他们没想到吕县长竟然冒着危险亲临会场，不禁对他肃然起敬。

吕惠生的报告首先从孝字说起："孝是中华民族的美德。但孝有小孝与大孝之分。小孝是孝敬父母，大孝是孝敬民族。为民尽孝比孝敬父母更重要、更伟大、更光荣。所以自古以来，不少为民族尽孝的英雄人物流芳百世，为后人所景仰。"

说到这里，吕惠生话锋一转，瘦长的身子略微前倾，望着台下参会人员说："今天到会的都是中华民族的一分子，每个人应当牢记自己是炎黄子孙，一切行为必须从有利于民族出发，特别是目前日本帝国主义大举侵华，妄图灭亡我们这个古老而优秀的民族，要我们做它的亡国奴，我们更应该时刻为保卫民族着想。诸位先生都是保长、甲长，从表面上看，你们很多时候是在为敌服务，能否以此就说是忘记了民族，或背叛了民族呢？ 我认为除死心踏地甘当汉奸者外，尚不能笼统地这么说。 这要看实际情况和具体表现。”

保甲们纷纷小声议论，是呀是呀，我们也是迫不得已呀。

吕惠生摆摆手，体谅地说：“由于国民党军队节节败退，置广大同胞于不顾，把你们抛弃在敌人铁蹄蹂躏之下，诸位故土难离，为保全家属和生命财产，被迫为日军服务，这是可以理解、情有可原的。 我们抗日民主政府也了解，其实你们很多人对日军也是应付而已，并没有做对不起民族和人民的事情。 古话说身在曹营心在汉，我想你们并没有忘记民族，都有等待时机为民族尽孝的愿望。 我对此表示赞赏。今天抗日民主政府特召集大家在一起开会，就是相信大家，共商抗敌救国大事。 诸位都很清楚，新民区接壤无城，日军随时可以前来侵扰，往往会发生意想不到的情况，但我希望诸位不管发生任何情况，都要保持民族的道德，决不能助纣为虐，尽可能地为民族、为祖国做点贡献，这也为你们自己留下后路。 只要你们为人民做了好事，共产党、新四军、抗日民主政府是不会忘记的。”

吕惠生一席话，保甲长们吃了定心丸，噼里啪啦地拼命鼓掌。

一直埋头记录的骆斌丢下笔，佩服地望着吕惠生，也不由得跟着鼓起掌来。

吕惠生等掌声停下，就开始给大家讲国际与国内形势，包括八路军、新四军取得的战绩，然后又讲述毛主席的《论持久战》，最后着重指出：只要坚持抗战到底，日本帝国主义必败。

吕惠生滔滔不绝地讲了两个多小时。 报告一结束，保甲长们纷纷拥到台前向吕惠生讨教。 桌上没有讲稿，吕惠生只在一个烟盒上写了几条提纲。 大家见了十分惊讶，对吕惠生不由得更加敬佩。

分组讨论时，保甲长们都表示，一定牢记吕县长的教诲，站稳立场，拥护抗日民主政府，为国家、民族多做好事。

这次会议后，新民区的抗日形势发生了很大变化。 新民区很快就由根据地开展抗日工作的障碍变成新四军、游击队侦察敌情、采购物品的前沿堡垒和可靠的通道。

由于新四军七师的发展壮大，1942 年以无为地区为中心的皖中根据地初步形成。

1942 年 7 月，皖中行政公署成立。由于吕惠生一年来的出色工作，组织上调他任行署主任。

皖中行署是皖中抗日民主根据地的最高行政机构。根据地东起江浦，西迄宿松，南接黄山，北至巢湖，是抗日战争时期共产党领导的全国十九个根据地之一。

吕惠生没想到会让他这个非党人士担任如此重要的职务。

那天皖中参议会选举结果出来，很多人对他表示祝贺，他不停地说："这是共产党对我的信任，是皖中人民对我的信任，我无以回报，惟有拼命工作！"

吕惠生崇尚自由，不愿受无谓的约束，但自从跟着共产党干革命，渐渐地就有了一个愿望：加入共产党。现在这种愿望越发的强烈，当晚他就坐在油灯下，满怀激情地向党组织写了申请。

张恺帆，吕惠生的搭档，行署党的书记、副主任是吕惠生多年不见的挚友。当年六洲暴动失败，他去上海找到了党组织，后被叛徒出卖被捕入狱。1937 年"七七事变"抗日战争爆发，经党中央交涉和斗争，国民党当局迫于形势释放政治犯，张恺帆才恢复自由。1938 年至 1941 年，张恺帆先后担任巢县抗日自卫大队政委、新四军第五支队司令部秘书长、中共来安县委书记、津浦路东区委员会秘书长。

当吕惠生向张恺帆提出入党的愿望后，张恺帆握住他的手："吕主任，你一直是共产党的挚友，这么多年风风雨雨走过来，你早就符合共产党员的标准，我愿意做你的入党介绍人！"

很快，组织上就批准了吕惠生的入党申请。1943 年农历除夕，是吕惠生终生难忘的日子，这一天，他经张恺帆和皖中区党委宣传部长兼参议会副参议长周新武、行署秘书长陆学斌介绍，终于光荣地加入了中国共产党。

面对鲜红的党旗，他举拳宣誓——

我志愿加入中国共产党，坚持执行党的纪律，不怕困难，不怕牺牲，为共产主义事业奋斗到底！

宣誓完毕，他的心情久久不能平静，紧紧握住张恺帆的手，声音有点颤抖地说："要把革命事业做好，革命事业就是生命。"

"起初不满封建势力，而与之不断搏斗。继而了解到新的黑暗，觉察改良主义无功，乃渐皈依于现实主义，衷心信仰共产主义。"吕惠生在日记中这样写道。

没过正月，入党不久的吕惠生就呆不住了，不顾头疾又犯，带着两个警卫员到严家桥北土地滩调查农民情况。

刚到土地滩，传来日军突然大举扫荡根据地的消息。

传递消息的战士报告说，日军前哨已占领距严桥不远的虎避山、龙吼山两个山头，无法与行署机关和部队联系了。

吕惠生冷静地思考片刻，请区委干部万鹤龄找来几件便服，换好后让万鹤龄做向导，向开城桥方向转移。

警卫员都姓赵，年长的叫大老赵，年轻的叫小老赵。大老赵拽住万鹤龄，问吕惠生："吕主任，开城桥可是敌占区，这不是往敌人窝里钻吗？"

小老赵和万鹤龄都望着吕惠生。

吕惠生说："日军这次扫荡很突然，目的是冲着行署机关和部队司令部驻地去的。行署机关、部队司令部驻地在西北大任家山和东北恍城山一带，所以，东西北三个方向我们不能去，必须往南边的开城桥方向转移，绕到敌人背后。"

三人恍然大悟。

吕惠生一行沿着较隐蔽的龙吼山之麓，一路往南走去。

吕惠生边走边叮嘱：“沿途吃住都要如数付钱，不让群众吃亏。如遇敌人，万一暴露，必须保持革命气节，宁死不当俘虏。”

来到离开城桥不远黄家店村，万鹤龄说村里有一名党员叫黄炳衡，是乡农抗主任，曾跟他在一个中心支部过组织生活，可以暂时到他家寄宿。黄家店是根据地的边缘地带，吕惠生见天色已晚，还下起了蒙蒙细雨，就让万鹤龄悄悄进村摸情况。不一会儿，万鹤龄就领着黄炳衡来到吕惠生跟前。

来到黄炳衡家，吕惠生让大老赵到村口巡哨。细雨漫天飘着，静悄悄的村子里不时传出一两声狗吠。小老赵也坐不住，警觉地到跑到屋外站岗。吕惠生喝了一碗热茶，向黄炳衡了解村子里的农民情况。黄炳衡冲了热茶，吕惠生边喝边向黄炳衡了解村子里的农民情况。

正说着话，两个警卫员提着短枪推门而入。大老赵报告：“吕主任，一支部队奔村口过来，天黑又下着雨，没看不清楚是什么部队，他们脚赶脚就进村了。吕主任，会不会是敌人跟踪搜索过来了？”

小老赵举了一下短枪说：“吕主任，我去引开敌人。”

吕惠生摆摆手，沉着地说：“这里离开城桥不远，敌人不会料到我们会往敌占区跑，倒像是我们自己的部队。”

大老赵、小老赵刚收起手枪，就有人敲门了。黄炳稳开门，是一个穿皮衣的中年人。这个中年人说：“老乡，能进屋说话？”

黄炳衡瞥一眼屋外，院子里全是持枪的军人。穿皮衣的中年人进了屋，见坐在桌边的几个人不像一家人，有点奇怪地问黄炳衡：“这么晚了，你们这是开会？”

黄炳衡还没答话，穿皮衣的中年人突然惊讶地望着吕惠生说：“你莫不是吕惠生吕主任吧？”

吕惠生也认出来了：“你是谢科长？”

原来穿皮衣的中年人是新四军七师作战科谢忠良科长。谢忠良上前一步握住吕惠生的手：“吕主任，行署的同志说你到土地滩搞调查，怎么到这个地方来了？”

吕惠生哈哈笑道："你怎么也到这个地方了？"

谢忠良说："日军扫荡搞突然袭击，师部机关分几股转移，这不，我带的部分同志就跳到敌人屁股后面来了。"

吕惠生说："彼此彼此，我跟你一样。"

黄炳衡没想到两位首长能在自家相聚，显得非常兴奋，冲了碗热茶给谢忠良，然后就出去为院子里的新四军张罗住的地方。

吕惠生不放心行署的同志，问谢忠良情况。谢忠良说，他们跟你一样，都化装成普通老百姓，分散转移了。谢忠良告诉吕惠生，这次日寇结集了六千多人的兵力，突然分八路向皖中根据地进行大"扫荡"，司令部和区党委紧急动员全体军民实行坚壁清野，兵工厂、香烟厂的机器，全部埋到山沟里去了，各地政府机关人员换装后，都分组安插到群众家里住下。部队则采用避其锋芒，钻其空子的战术，迂回到日寇据点附近，在敌人的暗角里隐蔽着，伺机打击敌人。

听了介绍，吕惠生这才放下心来。

黄炳衡把部队住处张罗好后，谢忠良对吕惠生说："吕主任，我带着几十人的队伍，在敌人眼皮子底下不宜久留，每天换地方落脚，明天一早我就转移，你只带了两个警卫员，还是跟我们一起走吧。"

吕惠生说："无妨，你看我穿的是棉布长袍，戴的平顶纱帽，活脱脱一个普通老百姓，敌人的目标不在我身上，倒是你们千万小心。"

谢忠良觉得有道理，不再劝了。其实，吕惠生留下来是要继续搞调查。皖中行政公署成立后，根据地扩大了，不少边缘拉锯地区的情况他还不十分了解。这次敌人忙着扫荡，他有机会到了敌人眼皮底下，正好是一个机会。

送走谢忠良，吕惠生抓紧时间，掏出笔记本，跟黄炳衡聊到下半夜。次日雨过天晴，谢忠良走后，吕惠生离开黄家店，转移到邻近的朱家山脚村，继续进行调查。

朱家山脚村是一个大村子，在一个堡垒户住下后，吕惠生就请户主朱少轩引路，走街穿巷，一户一户登门。调查了两天，吕惠生感到群众既希望像根据地中心区一样，执行抗日民主政府的减租减息等各种法令，又担心近在咫尺的日伪军得知后下乡残害百姓。他想起自己做无为县长时在新民区召开的保甲长会议，决定公开自己身份，向群众宣传抗战形势，教育群众相信支持抗日民主政府。

第三天，吕惠生让朱少轩把他的身份告诉村民。村民听说吕惠生是皖中行署主任，既吃惊又好奇，不管见没见面的，都跑到朱少轩家院子门口，探头控脑地向里面张望。大老赵、小老赵很担心，吕惠生却面带笑容，端起一张凳子走到门口。

村民们见吕惠生在门口坐下，都围拢过来。吕惠生大声道："各位父老乡亲，我是皖中行署主任，今天难得跟大家在此相聚，这两天不少乡亲与我有过接触，今天我想借这个机会代表抗日民主政府跟乡亲们再说几句。"

有一个村民问："你真是共产党大官吕主任？"

吕惠生拍了拍身上的棉布长袍："不像？"

村民们"哄"地笑了起来，吕主任，你哪像大官，就是一个普通老百姓嘛。

吕惠生点头说："乡亲们说对了，皖中行署是抗日民主政权，也是我们老百姓自己的政权，所以，我的职责就是为老百姓谋幸福，如果像一个大官，那就说明我没有做好，就不是共产党，而是国民党。"

提到国民党，村民们七嘴八舌起来，说国民党军队有枪有炮的，可日本鬼子一来，他们就跑得没影子了，倒是缺枪少粮的共产党新四军在抵抗日本鬼子。

听到村民的议论，吕惠生就把国民党、共产党比喻成两个兄弟，继续说道："日本鬼子打到兄弟俩共有的家园，兄弟应该团结合作，一起抗击，可是乡亲都知道，做哥哥的国民党，生怕共产党弟弟与他分庭抗礼，明里暗里跟共产党搞摩擦，国民党顽军不打鬼子，却动不动袭扰新四军游击队。新四军游击队既要与顽敌作斗争，又要跟日本鬼子英勇战斗。经过近五年的抗战，鬼子退缩到县城和一些大的集镇，而我们的皖中根据地却越来越壮大。 眼下，鬼子对根据地进行穷凶极恶的扫荡，其实这就像要死的病人，回光返照，在做垂死挣扎。 我们只要坚持下去，用不了几年，我们一定会彻底打败日本鬼子，取得抗战的最后胜利。”

吕惠生简短的讲话，深入浅出，村民们听得懂，都夸吕主任会讲，有道理。

这次吕惠生的非正式报告鼓舞了朱家山脚村民众，很快就像无为县新民区一样成为皖中抗日根据地对敌斗争可靠的前沿阵地。

讲话的当晚，有一个叫松月的和尚找到村子里，说有情况向吕惠生报告。 松月和尚是无城西寺住持，日本军队占领无城时逃到严桥区避难。 前两天日伪军扫荡，他跟着严桥的群众逃到巢南山里的黄家洼普慧庵躲避，被进山搜寻的鬼子从庵内搜抄出来。 一个鬼子军官问松月，群众中有没有共产党新四军。 松月说没有，都是良民。 那个军官信了，居然给松月面子，放过了群众。 原来鬼子军官信佛，他见松月是一个脸阔耳厚的大和尚，就发给松月一张通行证，叫他出山回无城西寺继续做住持，途中如果听到新四军的情况要马上报告。 出山不久，松月和尚听到逃难群众传说吕惠生在朱家山脚的讲话，有所感悟，这才找到了朱家山脚。 见到吕惠生，松月说了事情经过，把通行证拿给吕惠生，表示绝不会给日本鬼子做事。

松月和尚走后，吕惠生既高兴又有所警觉。 松月和尚能得知他的行踪，难保日伪不知道。 第二天清晨，他就带着大老赵、小老赵悄悄地离开了朱家山脚，往严桥方向走去。 傍晚，他们来到距严桥只有五六里路的乐家闸，听说扫荡严桥日伪军早已走了，就住在一个私人诊所的医生家里。

这个医生叫乐舜民，医术不错，四乡八里的都找他看病。 吃了晚饭，吕惠生问了乐舜民诊所的情况后说：“乐先生，你医生当得不错，但还要注意两点，一个是，服务对象要放宽些，不能只为社会上层人士看病，而要普济劳苦大众；另一个是，收费是应该的，但也要分对象。对富人多收一点，穷人可以少收，赤贫的人不收。这么做，你将来在社会上就可以成为一个受民众爱戴的高尚之人。”

日伪军扫荡结束了，吕惠生带着记得密密麻麻的笔记本回到了行署。行署机关的同志见吕惠生完好无损失地回来，纷纷问他如何转移躲避鬼子的。吕惠生却给大家讲他的调查情况，说这次下乡收获很大，为以后做好各地区的农民工作提供了第一手资料。

回到行署不久，除奸部逮捕了松月和尚。吕惠生听说后问原因，除奸部报告说，松月和尚是严桥区民兵逮捕的汉奸。吕惠生感到事情有点蹊跷，专门找严桥的负责同志了解，原来严桥民兵听群众说，鬼子很听松月和尚的话，他们就是松月和尚说话后，鬼子才放过他们的。联想到松月还是从敌占区无城来到严桥的，就把他当作汉奸逮捕了。听到这个情况，吕惠生当即写了一封信给除奸部李丰平主任，松月和尚才得以释放。

这件事给吕惠生震动很大，更加注重调查研究了，他对行署的同志说，我们是抗日民主政府，绝不能凭主观想象说话做事。

第八章 钱多粮足

1943年，日伪频繁地向皖中根据地“清乡”“扫荡”，国民党军队也不断制造摩擦，新四军七师仅与日伪军作战就达189次。这一年不仅是皖中根据地反扫荡、反摩擦极为艰苦的一年，也是吕惠生和皖中行政公署接受执政考验的一年。

年初，根据地反“扫荡”取得了胜利，但我军力量的消耗和财政的损失很大，人民群众的损失更大。新四军军部为了加强皖中地区的军力，又调来了精锐的二师十六团，并调谭希林同志代理师长。接着，又成立沿江支队，准备沿长江南岸向西扩展。

随着七师的兵员扩大，部队供给任务更重了。而此时发生了春荒，根据地竟然出现了群众迁徙外地逃荒现象。

一天，吕惠生在皖中行署门前遇到一个逃荒的饥民，问他今年春荒并不严重，为什么非要离开家乡逃荒？这个饥民说，哪个想离开家乡？这次鬼子扫荡，连牛和农具都没有了，藏的粮食一个月不到就吃光了，街上粮栈又关门歇业，就是有钱也买不到粮食，不逃荒还能有什么好办法。

吕惠生对皖中历史很熟悉，过去破坝闹灾，水灾比现在还要严重，也没出现这么多人逃荒的现象。饥民见吕惠生皱着眉头不说话，又说，你是行署的人，不信下乡看看，不少地方已经有人饿死了。

有人饿死了！这个骨瘦嶙峋的饥民的话，深深刺痛了吕惠生的心。

目送远去的饥民，吕惠生心事重重地走进行署大门。没有粮食，土地抛荒，部队供给紧张，吕惠生觉得作为行署主要负责人，有着不可推卸的责任。他与张恺帆商量时说："曩年破坝，饿死人之事怕不多，今乃并不十分歉荒，竟至饿死人了。此实政治上之失败，其责任在于我们管理不善，若不立即设法挽救，前途将有不堪。现在我们应全力做好两件事，一是解决粮食问题，让百姓度过荒年；二是组织生产自救，春耕春种，为夏季粮食丰收打基础。"张恺帆点头说："导致春荒主要是我们不了解情况，管理调度不善、工作不力造成的，春荒很可能就是一个表面现象。"

两人统一了想法，立即召开紧急会议，部署抗灾工作。

会议一结束，吕惠生带着大老赵、小老赵就下乡去了。连续在几个村庄进行了详细的调查后，发现无为虽然圩田遭受水灾，粮食歉收，但其他的洲地及近山地区的收获量尚称丰富，因而就整个皖中地区的粮食而论，应当是自给有余的。发生严重的春荒现象，原因何在呢？经过调查，发现主要是"农抗会"和乡、保干部在执行粮食政策上有些偏差，他们提出粮食供应要乡保乡、村保村，禁止粮食出乡、出村，同时片面强调稳定粮价，借以控制进口的洋货价格。结果，适得其反，粮价压低了，余粮户更不愿出售，缺粮者买不到米吃。

“春荒”果然是一种假象，本质的问题是在物价政策上有问题：压价过低，限制过严。问题的症结找到了，粮食问题就可迎刃而解了。但由于敌人的扫荡，许多农户缺乏牛和农具，如果耽误了，不能及时组织春耕春种，势必影响到根据地下一年的粮食收成。怎么办呢？调查过程中，恍城乡间的做法引起了吕惠生的思考。十多天后，行署下去的同志陆续回来了。吕惠生让大家抓紧整理下乡情况，自己也顾不得休息，伏案疾书，在写到如何组织农民自救这个问题时，他沉思良久，欣然落笔写道：

关于恍城乡间变工的调查

1. 以恍城乡间论，一般搭牛（连人）每亩50元，无人40元。

2. 一般牛每天可耕田（水田）二亩。

3. 搭牛甚困难，但搭者以邻人者多，出乡者少。

4. 新换工办法如实行，农民一定欢迎。

5. 一个平时人工，抵换牛耕田一亩，这是不带人的，如果带人即加人工一个（以每日照还人工，非以亩计也）。

6. 犁耙连工在内，一般不另贴工。

7. 废保改村之处，以每村为施行单位为宜，旧保以两个甲合并为宜，而亦须有计划的划分各甲，使牛数分配比较声称。

8. 要有一个组织，或称变工队，或称生产劳动合作社，此组织归乡行委会生产委员会领导之。

9. 变工组织成立后，应将其所辖民户之待耕的田地及全部牛力、人力、农具先行调查统计，分别决定变工计划，依照执行。

10. 变工守则：（1）有牛之户，以自行耕牛作其田地为第一事务，当不能因变工而妨碍自己的生产工作。（2）有牛者必须参加变工，不得以任何理由推卸不干。(3) 换工的工作以组织保证之，任何人不得骗赖巧扯，但双方同意者例外，双方同意将工折款者，以当时当地的一般工价为标准。(4) 变工时如将农具用坏照物赔偿。

11. 变工制度，有集体劳动的巨大意义，能在变工以外，更进一步拟订集体生产与劳动计划者更佳，此即合一村为一家而从事生产工作也。

12. 水车变工，以水车一天变工四分之一。

这十二条既有恍城乡间做法，更有吕惠生自己的深入思考。在后来布置生产自救的会议上，他特别强调了这十二条的重要意义："这么做不仅可以解决当前的问题，而且是今后农业发展的方向与必由之路，是一件很有政治意义与经济意义的事情。"

为落实好变工十二条，吕惠生亲自到一个叫倪家小圩的村里帮助工作。这个村有一百多户人家，不少农户没有牛、农具，也有不少农户缺劳力。吕惠生逐户上门，边了解边做动员、说服、劝导，经过十几天的深入过细工作，第一个"变工互助组"成立起来了。吕惠生从中选出一位能力强、威信高的中年农民倪鹤书当组长。"变工互助组"成立后，各方都有积极性，效果很快显现出来了。

倪家小圩变工互助的情况后来被《大江报》专门刊登宣传。《大江报》是根据地党委、行署办的报纸，在皖中地区影响很大。很快，倪家小圩变工互助的经验就在根据地的广大乡村得到推广。

解决了变工互助，行署又鼓励农民组织起来垦荒种粮，没想到农民积极性并不高。吕惠生听了汇报，带着垦荒局的同志深入到乡村走访。农民都说垦荒是好事，问他们为什么没有积极性，他们说过去都是"毛估"，现在为什么要派人丈量。

吕惠生问垦荒局的同志才知道，原来这里的田亩数都是"毛估"的，垦荒局调查过，账面与实际的差距很大。过去，地主串通地方势力，一般要漏报三分之一左右，可以少交税款。垦荒局认为，这是一条开辟财源的渠道，就办了丈量干部训练班，印布告，发传单，准备对垦荒的土地实行实地丈量。吕惠生说："丈量土地不仅中、小地主反对，连广大农民也反对。我们过去曾经利用国民党丈量土地，增加税收这件事，发动农民反对国民党政权。抗日民主政权成立了，却要做我们曾经反对过的事情，丈量垦荒土地这种做法，至少现阶段不能做。这么做就是违反我党的抗日基本路线。"

行署立即停止丈量土地的计划，改用农民自报土地和群众民主评议的办法。明知农民自报不足，群众评议也不顶真的，但农民积极性调动起来了，田亩数增加很多，收到了意想不到的效果。

在鼓励农民垦荒的同时，吕惠生与张恺帆商量决定，在地方政府机关也组织开展垦荒种粮活动，以每人五分至一亩土为基本要求，同时与七师沟通联系，建议部队也开展大生产运动，其中：无为驻军1200亩，湖东驻军1000亩，和含驻军600亩，临江驻军500亩。另外，各级政府成立农具组、纺纱组，生产农具、纱布低价卖给贫苦农民、支援部队。

由于措施得当，1943年的这场"春荒"终于熬了过去。

熬过了"春荒"，吕惠生更加认识到财经工作在根据地建设中的地位。他和张恺帆一起带领行署财经处的同志就根据地的财经政策等问题进行调查，通过大量的调查研究，财经处叶进明处长牵头执笔撰写了一份详细报告。这份报告得到了皖中区党委书记、新四军七师政委曾希圣同志的赞同。不久，这份报告就以《市价与物价》为标题在《大江月刊》刊登。部分内容摘录如下——

市价：是公家对粮食、食盐等几种人民必需品所规定的不变价格。物价：是不在规定范围之内的其他商品自由的浮动价格。皖江中心地区的特点：

一、主观上是没有一块完整的经济阵地及本位币；

二、客观上是四周敌人据点林立，交通不便利。我们民主根据地是一块纯粹的农村，虽有丰富的农产品，但还须其他必需品的进口，如食盐、洋布等，因此产生了米价必然跟随进口物品的市价而浮动。一种最重要的物品，压低粮食市价，则其他物价自然亦可以随之而低。但是，谷贱伤农，抗战前 1 斗白米可换 4 斤食盐或 5 尺洋布，现在 1 斗白米只能换 2 斤 12 两(当时是 16 两制)食盐或 2 尺 5 寸洋布。而鸡蛋就不一样了，限价时，去年 1 个鸡蛋换 1 盒火柴，而今年不限价，1 个鸡蛋换不回 1 盒火柴，结论应当是：我们对市价的变动，只有相当的尊重其自然性，不应横加干涉，只有用政治力量，以货物管理的方法，来适当调整进口货物与我们的农产品的市价，而不能用片面强制评价的方法。

这篇文章引起根据地各级干部的重视，经过讨论，很多干部提高了反对敌人封锁的斗争策略，认识到了根据地抗战财经工作的优势和特点。思想得到了统一，吕惠生和张恺帆又多次向曾希圣报告皖中行署的意见、建议，后在华东局、区党委的直接领导下，在中心地区成立一个县政府和三个办事处，直属区党委和皖江行政公署的领导。同时加强行署财经处的力量，建立了和含、无南、临江三个财经分处和三个分金库。行政体制调整后，行署又妥善调整货物进口与过境物资的税收政策，确定了“以物易物”“以出养进”贸易的方针。

从此，皖江根据地财经工作出现了一个新的局面。特别是中心地区农村，风调雨顺，五谷丰登，人畜两旺，财力雄厚，政府救苦济贫，人人安居乐业，城镇无一失业者。由于贸易兴隆，经济发达，吸引了敌占区、国民党顽军占领区的商人。有一次，从芜湖敌区来了一个大商人，运进一批贵重商品到汤家沟，打算进大别山国民党地区去贩卖，他主动找到署税务局，按章缴纳了六千多元“过境税”，在货管总局办手续时说：“贵政府真是廉明公正，保护我们商人做买卖，以后请多多关照！”说完，又主动献出二万元法币，作为抗日爱国捐。

吕惠生从这件事中得到启发，不仅可以向敌伪区开展贸易，而且也可以向西扩展，同国民党地区的商人开展贸易。当时庐江、舒城、六安等山区农村非常缺乏食盐，根据地以粮食去换回食盐，再以食盐去换取大别山区的麻、豆、烟叶、菜籽等。而在芜湖方面，这类土特产是用高价收购的，根据地就拿这些东西从芜湖换回各种必需品，从而打开了芜湖、南京、上海等地的经济大门。

为了开辟财源，发展地方经济，在搞活贸易的同时，皖中行署决定普遍发展合作社。那时的皖中，已经有了香烟厂、印刷厂和造纸厂，有这些公营经济，对发展合作事业是个有利条件。印刷厂、造纸厂主要是为军事、政治服务的，如发行《大江月刊》，印刷中、小学课本和战士的文化教育课本等。这些与财政收入的关系较少，而香烟厂却是军需、民用必不可少的工厂。香烟厂是1941年成立行署后建立的，当时筹建香烟厂的目的，主要是为了供给军队的需要。分别生产了甲、乙两种牌子：甲级烟是以上海“邮船牌”香烟为样板，叫“丰收牌”，供给军队干部；乙级烟叫“禾苗牌”，供给战士。供给有余时，也对外销售，不仅根据地人民欢迎，而且敌伪据点群众也非常欢迎。生产规模不断扩大，部分香烟批发给了小贩零售，小贩本来以此谋生，没想到个个都赚了很多钱。

香烟厂的生产销售既增加利润和财政收入，又让很多小贩赚足了钱。吕惠生和财经处的同志由此受到启发，香烟是日用品，根据地有许多能工巧匠和多余劳力，吕惠生不禁想到农村实行的“变工”互助组织，为什么不把能工巧匠和多余劳力组织起来?

经过酝酿，行署财经处成立了“合作事业指导室”，制定和颁布了合作社的组织章程、会计制度等。合作事业指导室派出指导员分赴各地指导地方成立各种合作社。根据地的“四匠”（铁匠、木匠、皮匠、泥水匠）很快就组织起来了，很多城镇妇女也加入到各种合作社，进行织布、织毛巾、箍桶、制鞋、做纸浆。

吕惠生强调合作社干部很重要，要选群众信得过的人。财经处的同志汇报说，他们制定的合作社章程中明确规定，合作社干部要经过群众民主选举。有一天，吕惠生让财经处的同志一起去一个合作社的选举现场，亲眼看完整个过程。

这是一个织布协会，三个候选人背向群众坐着，每人脖子上套一个小筐在背上，参加选举的群众每人发一颗蚕豆，按照自己的意愿把蚕豆投到小筐里，得蚕豆最多者最后当选。

吕惠生从群众的神情看出，群众都把合作社当做自己的家一样。回到行署与张恺帆一起召集会议，要求把成立合作社作为事业来做，一定要全力组织好、发展好。为了帮助合作社的生产经营，吕惠生还从资金上给予了很大的支持，他在当时的日记中这样记载："举办合作事业，手工业贷款20万元，以华洋义赈会基金充之。"

由于行署及各级地方政府的组织发动，合作社的好处得到了根据地群众普遍赞同，他们爱社如家，生产自觉性高，参加合作社的群众都从中得到了不错的收益。行署在此基础上，又每个区成立一个合作总社，由区"农抗会"领导。这样的合作总社，实际上已经是一种集体经济组织了。严家桥、石涧埠、开城桥等根据地中心地区的城镇，很快就形成了集体经济、私营经济共同发展的局面。

根据地生产得到大发展，许多物资开始向敌战区出口，为控制进出口的重点物资，其中粮食更是敌我双方争夺的重中之重。行署为此颁布条令，根据地农民多余的大米需要外销，均由区合作社代购销售。

汤家沟地处长江边上，江对岸是芜湖、铜陵、荻港。芜湖在历史上是全国四大米市之一，也是当时日军掠夺军粮的重要基地。日军利用大汉奸汪精卫的"南京政府"，在芜湖成立了"军粮统购委员会"，主任是汪精卫的亲信汪子东。尽管如此，日军还不放心，又派了一个叫南木的日本人，亲驻芜湖监督汪伪收购军粮。皖中区党委、行署对此进行了针锋相对的斗争，由七师派重兵驻扎汤家沟沿江一带，对港口和渡口严加封锁，禁止大米私自出境。

汪伪"军粮统购委员会"收到的粮食屈指可数，而根据地却掌握了大批粮食。粮食销售由行署货管总局和各区合作总社统一对外贸易，以汤家沟作为市场，有计划地同来自芜湖的米商以粮换物。不仅赚钱多，更重要的是换回了必要的军需品。根据地实行粮食贸易管制和垄断经营后，芜湖米市粮价暴涨，带动南京、上海粮价暴升。皖中根据地则以汤家沟为主要交易中心，有大量粮食可供出口，短短两三个月，吸引了大江南北大批商贾蜂拥而来，各类商行、大批易货进口的工业品源源而至，米行、盐行、五金行、百货行、客栈、食府、钱庄、豆腐店、肉店、山货行、中药店纷纷开张，各类手工业作坊应运而生，几华里长的集市二百至三百家各类商铺林立，仅粮行就多达十余家，常驻人员也从二三百增至三千余人。内江千帆林立，码头昼夜繁忙，白天集市万头攒动，夜晚灯火辉煌。日伪恨之入骨，又怕绝了粮源，不敢轻易地侵占和骚扰汤家沟，出现了太平盛世景象。汤家沟就成了当时根据地的“经济特区”，被老百姓称为“小上海”。

当时为顺应对外贸易需要，皖中行署成立了集成号商行。“集成行”以盐、棉、粮大宗易货、交易为突破口，联合中间商，一时间万商云集：江北的粮油、土特产品在这里集中，流向江南；江南的工业品在这里转口江北广大地区。有时一个商队就是几百人，一条商船就是几百吨货物，有时一天进出货船上千艘，每天上收的过境税（当时进口税率：布匹、棉制品、药品和食盐5%，化妆品10%，奢侈品2%，军需用品、农业生产资料免税），最高达百万元。尽管战时经商是高风险行业，但巨额差价的巨大吸引力，反而刺激了长途贩运业的发展。当时，上海与皖中根据地相比，民用工业品、盐、布、纸张的差价为1∶3，大米、山货的差价为5∶1。

集成行成立运营之初，根据地不少同志有一种看法，认为集成行与敌伪在经济上互通往来，是汉奸行为；民间发生的一些抢劫与集成行做贸易的商人，是正当行为。针对这些错误言论，吕惠生旗帜鲜明地进行了批驳。

他在多次会议说：“对于集成行，外界有误会，殊不知对外统制、对内流通，是任何国家都相同的，我们当然要如此办；集成行是对外统制的机关，有三个月的历史了，内地正在扩大，将保护自己打击鬼子；坏蛋造谣集成行压价，其实全非，他们私利与大众利益矛盾也。有人认为集成行与敌伪方在经济上互通往来是汉奸行为，有人认为与日伪进行物资交换的客商是汉奸，甚至还有人认为抢劫他们的东西是正当的。这些观点都是错误的，要不得的。我认为，在无害于、有利于我们的条件下，虽与鬼子在经济上来往，也是无妨的，因为我们的战斗有种种方式。"

为了给财经工作释疑解惑，吕惠生还专门撰写了一篇题为《财经问题研究》的文章（附录1）。在这篇文章中，他详细分析了皖中根据地贸易金融特点，总结了根据地几年来的实践经验，系统地解释了有关经济政策。从事财经工作的同志学习了这篇文章，许多混淆的观点和说法澄清了，在实际工作中放开了手脚。

生产贸易都搞活了，根据地的群众丰衣足食，新四军七师的条件也得了极大的改善。从这一年起，七师对所有参加抗战的干部和战士实行了供给制。吃的全是大米，穿的是进口洋布军服。每月按实物数目折成货币发给伙食单位，大约每人每月 10 元左右，另发津贴费（零用钱分 2 元、1 元 5 角和 1 元 3 角 3 等，一支牙膏、香烟三条）。技术人员另有技术津贴（但自愿放弃者颇多，那时候多拿钱不是光荣的，而多贡献少拿钱才受人尊敬）。对年龄大的同志略有优待，年满 40 岁以上的，每天另发一个鸡蛋，不吃鸡蛋的则吃小灶或另外发钱。

抗战期间，七师暨皖江根据地对新四军的财政、物资贡献最大。据新四军赖传珠参谋长日记的不完全记录：1942 年底至 1945 年春，仅七师支持给军部及通过军部转交新四军五师的现款，约达 5300 万元法币（按当时价，折黄金26.5万两）。其中，1944 年 1 月至 1945 年 1 月的一年间，上交现款高达 4400 万元。按当时国民党军队的供给标准，可供 20 个甲级师的一年供养。是 1937 年 11 月至 1940 年 12 月国民党政府给新四军拨付总经费不足 220 万元（“皖南事变”后即中断）的

20倍以上。此外，还上交军部大量军需用品、通讯器材，多次在资金上支持二师、五师。按当时新四军和华中局的规定，皖江抗日民主根据地财政总收入中1/3归地方政府，1/3交军队，1/3交军部推算，至1944年，七师和皖江根据地的年财政可支配收入应已不少于1.5亿元（按当时实物价，10元可购买大米3石）。自1945年10月七师师部北撤至淮阴到1947年春新四军正式撤编为止，七师师部和华东局国区部分别多次向苏皖区政府、华中分局、山东分局、华东局移交的工厂设备、黄金、资金及在国统区银行存款，据曾负责清账移交的孙冶方、薛暮桥、张恺帆、沈君常等同志回忆，总资产应在1亿以上，折合黄金五十万两。

当时新四军部队里流传着一首打油诗：

七师小弟弟，
吃穿无忧虑，
钱多粮又足，
兵民抗战乐悠悠！

第九章 大江币

在皖中行署的领导组织下，皖中根据地的生产得到了极大发展，买卖贸易活跃，但当时流通的货币比较混乱。根据地以流通法币为主（国民政府发行的货币，1948 年 8 月被金圆券代替），敌占区城镇流通汪伪中储券和日军的军用券。由于战争阻隔，法币来源缺乏，在根据地流通的法币还是国民党统治时期留下的，中储券又是汪伪发行的“伪”币，日军的军用券更无保障。民间出现了物物交换现象，一些商号、商会、同业公会为便于买卖贸易，大多自制类似水筹的竹片、铜片等作为筹码，有的甚至以邮票代作辅币。

这一现象引起行署的高度重视，皖中根据地没有自己的货币，而国民政府的法币来源缺乏，并且法币与汪伪的中储券一样，都滥发无度，长此以往，势必扰乱根据地贸易，必须尽快排除根据地的法币、汪伪中储券。为此行署以皖中金库的名义发行本票，数目小的有 100 元、1000 元，大的有 5000 元和 1 万元等。为了不使人民受到经济损失，取信于民，财经处针对当时物价不稳，货币贬值的实际情况，在这些本票背面，注明该票面值相等于公家出口的粮食或进口的食盐数量。这种本票先后合计发行 100 万元左右，既资助了公家克服财政困难，也有利于城乡的正常贸易。

本票的发行对排除法币和中储券、促进根据地流通贸易起到了积极作用，但还不能从根本上解决问题。对此吕惠生有着清醒的认识，必须有自己的银行、自己的货币。对于成立自己的银行，一年前成立皖中行署不久，他就与皖中区党委书记、新四军七师曾希圣政委有过交流，并形成了一致意见。1942 年 8 月 30 日《大江报》为此还刊登过要成立大江银行的消息。

现在成立大江银行迫在眉睫，不能再耽搁了。

1943 年六七月间，皖中行署在皖中金库的基础上成立了大江银行，由行署财经处叶进明处长兼任行长。曾内设会计、发行、业务（亦称营业）3 个职能科。行址初设大榆树村，后迁至无为汤家沟。下设汤家沟、含（山）和（县）两个分行和严桥、石涧埠、黄洛河 3 个抗币兑换点。大江币值分 1 元、2 元、5 元三种和 1 角、2 角、5 角三种。前三种小面额大江币采用脚踏圆盘机印刷，后三种大面额大江币采用石印版印刷。

印刷大江币没有铅制模版，只能以刻制的木版代替。从刻印合作社了解到，楮树根或黄杨树根质地坚硬，用这两种树木刻制的模版，可以印刷一至两万张大江币。为了这两种树木，吕惠生不止一次跟着大家上山寻找。据行长叶进明后来回忆，当时真费了不少心血。印刷模版解决了，又在离大俞家村的财经处北面三里路的山沟里，建了一个小型造纸厂，专门生产印刷大江币纸张。大江币用什么纸张、配什么颜色等印刷问题，吕惠生经常参加研究讨论。到大江币换成胶版印制前，从没有发现过伪造假冒的。

发行大江币应该有黄金、白银作储备，大江银行没有足够的黄金白银，其储备金是散存在老百姓家里的粮食和行署掌握的食盐等物资。即使这样，大江币是根据地自己的货币，币值稳定，根据地群众比较信任，到 1943 年底，皖中行署基本控制住了根据地中心地区的金融阵地。但由于技术上的原因，发行量还很小，满足不了整个根据地市场上货币流通的需要量，除中心区外，还无法把法币完全挤出根据地。

增加大江币发行量就要解决印刷技术问题，吕惠生发动行署同志积极动脑筋想办法。财经处副处长蔡辉有一个堂叔认识上海汪伪印钞厂的一位技术人员，吕惠生得知后，马上通过上海地下党请这位技术人员来皖中。这位技术人员就是后来担任大江银行印钞厂厂长的过雪川同志。吕惠生热情接待了过雪川，并陪同他来到印刷厂所在地姚家沟。当过雪川看到“毛泽东”、“朱德”的署名时，才相信这是皖中根据地要印大江币，笑着对吕惠生等人说，离开上海时，我还有所怀疑，生怕落入了印假钞票的黑帮，既然共产党要印钞票，我一定全力以赴。

过雪川当即返回上海，在曹家渡的汪伪印钞厂和中华书局印刷厂等单位，搞到一套钞票花边和底版，在家里偷偷干了起来，勾去“储备票”的银行名字，请一位聋哑人书法家分别写了“大”、“江”、“银”、“行”四个大字，然后拼起来缩小，最后制成钞票底版。又四处招聘了 11 道工种的技术工人，买了 1 架对开胶印机、3 架落面机，还有切纸机、柴油机、发电机、马达以及几十种零配件和化工材料。这些工作过雪川只用了两个月时间。4 月中下旬，地下党利用伪海军军舰将全部印刷设备和辅用材料运到印钞厂所在地姚家沟。5 月中旬又通过地下交通线，将过雪川率队的印刷厂 64 名全套技术班底护送到离姚家沟很近的汤家沟。

姚家沟是无为县东乡离汤家沟不远的一个小村庄，这里有几十户农民，四周都是小河浜，只有一座小桥可以通行。八十多名工人经过几天的紧张安装，终于发动机器开印了。吕惠生来到印钞厂，看到厂房外面的管道在冒烟，轰隆隆的声音很远就能听到，皱眉问过雪川为什么会出现这些情况。过雪川说，印刷机的动力是柴油机发电，回气管难免冒烟，而轰隆隆的声音则是带动胶印机的三只马达发出来的。吕惠生说，印钞厂很重要，必须保密，这里离长江很近，柴油机的回气管要冒烟，还有隆隆的马达声，容易给长江中巡逻的日伪军敌人发现。

吕惠生把改进任务交给了蔡辉。蔡辉连夜与过雪川等人商量改进措施，决定装上手摇柄，改电动为手摇。为了保证印刷机的工作需要的连续动力，吕惠生立即调去三十名身强力壮的民兵，专门负责摇手柄发电。由于印刷技术的改进，不到一个月时间，近三十令（每令五百张）轻磅道令纸一百多万元的大江币就全部印完了。

对于发行大江币的必要性及现实意义，吕惠生做过深入的思考，有一个较为全面的认识，这在他的《皖中大江银行开幕典礼上的讲话》（附录 2）中有所体现。

在这个讲话中，他从敌伪币的危害性、法币的现状和根据地经济存在的危险性，详细阐述了大江银行成立的重要性和必要性，分析了大江币与法币、伪币的不同之处，提出了大江银行的任务、目的和希望。

吕惠生特别提出，大江币三五个月收回兑换一次。这么做主要是担心日伪制造假币，扰乱皖中金融，破坏根据地的经济建设。这么做虽然比较繁琐，却是非常必要的。

当时日本在对中国发动军事侵略外，还力图消灭中国的抗战经济，印制假法币就是他们消灭中国抗战经济的一个重要手段。这一事实后来被日本有关档案里的记载所证明。仅日本特务“松”机关（日本军部在华特务机关有：“梅”“兰”“竹”“松”），国民政府接收其档案时，就发现已使用七十多万亿假法币，每月用量约二百万元。

大江银行改用胶版印刷大江币后，满足了根据地货币流通需求，法币、中储券被老百姓称为“顽币”“伪币”（“顽”即国民党顽军，“伪”即汪伪）。一般情况下“顽币”“伪币”不再有人使用。这样一来，法币和中储券很快就被大江币取代了。

为防止造假，在采取三五个月兑换一次的同时，大江币新版都设计不同的防伪标记，如铜版拾圆的陈家闸图案中就隐有“C.K”两个字母（代表中共）。由于防范严密，假币很难在市场流通。有一天，无为县南苏区的集市上有人大量收购当地土特产，群众发现几个收购人所持大江币上个月刚兑换，便警觉起来，马上报告给政府。把这几个人抓住后一审问，原来他们是从敌占区过来的，携带的大江币全是伪造的假币，他们以为假币乱真，没想到却已过期。

为了不让根据地群众受到损失，大江银行大量兑换“顽币”“伪币”。除上缴新四军军部、支持各师和兑换成美钞、黄金，存入南京的敌占区银行外，其他的都用于到敌占区采购根据地紧缺的工业品。

皖江根据地以农业生产为主，主要生产大米、麦、豆、玉米、丝、荞麦、芝麻、高粱、小米等；工业品缺乏，来源主要是敌占区。尽管敌占区迫切需要根据地的粮食等物资，但日伪却严格控制工业品，有意加大工业品和农业品在价格上的剪刀差。针对这种情况，吕惠生领导皖中行署“事先把群众组织好，将出口粮食登记起来，在几天内以突击的办法，在粮价高的地方出口，到粮价低了时，又禁止出口”。这一灵活的贸易斗争得以顺利实施，大江银行发挥了十分重要的作用。由于大江币在群众中有良好的信誉，皖中行署才能及时在根据地实行平价收购（保护价收购），针对许多农民有货币需求，大江银行还在平价收购粮食的同时，安排以粮食抵押贷款。

大江币不仅为粉碎日伪压价收购粮食做了贡献，而且用大江币兑换的法币在对外贸易中也起到了不可替代的作用。1943 年 10 月以后，日本在对华经济战中需要大量法币，而此时掌握在大江银行手中的法币就成了对敌贸易的香饽饽。

日本确定战时对华经济政策分为两个阶段：第一阶段是战争初期，日本向中国“大后方”走私倾销货物获取法币，然后到上海法币外汇市场套购法币外汇基金。第二阶段是太平洋战争爆发后，一方面由于日本物资匮乏，战后发行的印有“重庆”地名的法币又套购不到法币基金，便反其道而行之，在沦陷区收兑大量战前法币，再以高价抢购“大后方”物资。但到 1943 年 10 月以后，日本持有的法币消耗殆尽，为继续抢购“大后方”的粮食、矿产、桐油及其他军需原料，必须继续获取法币。为此日伪采取了直接以“伪钞”换取法币、以物资吸收法币和伪造法币三个办法。

当时日本对华经济战皖中行署虽不十分了解，但法币在敌占区仍然很受欢迎却是一清二楚的。为用好大江银行兑换收集的法币，通过地下党加强了对敌占区商人以及一批“身在曹营心在汉”的爱国人士的工作。利用了敌伪之间“狗咬狗”的矛盾，在芜湖同汪子东、南木均建立秘密联系。大量法币用敌伪的轮船、汽车，堂而皇之运到南京、芜湖，进出敌、伪的金融机关，购买根据地需要的军用物资，甚至新四军军部需要的日元、美钞，也是通过这一渠道用法币兑换的。

随着根据地经济的强盛，新四军七师得到了发展壮大，皖中根据地区域遂迅速扩张，东起江浦、当涂、宣城，西至怀宁、彭泽鄂皖边境，南到青阳、绩溪，北近滁河、合肥，由巢无、和含、皖南、沿江四块基本区域组成，人口三百多万。大江币从胶印开始，很快就满足了根据地货币需求，根据地物价稳定，人民安居乐业。对此皖中行署再接再厉，按照吕惠生的要求，大江币既为武器，就必须发挥好武器的最大作用。针对根据地经济产品结构的实际，行署有针对性地采取信贷政策。农产品是根据地的传统优势，而且涉及到广大的农民，为此行署首先成立专门的农贷部，为农业生产经营提供资金保障。其次缩小与敌占区工业产品的生产差距，通过大江币积极支持根据地的工业品。大江银行从成立到撤销的三年多时间里，工业生产贷款的占比占大江币发行总额的 25%。根据地的工业由此得到迅猛发展，到 1945 年根据地工业生活用品的主要部分就实现了自给。

正如吕惠生在大江银行成立时所说，大江币“是一种武器”，“它的目的不仅是财政的，更是斗争的一种”，“它是根据地军政民全体的保护者”！

第十章 惠生堤

皖中根据地中心区盛产粮食，根据地江对面的芜湖历史上是全国四大米市之一。1943年的“春荒”不很严重，用吕惠生的话说，与“管理不善”不无关系，但毕竟是发生了内涝。在解决当年的“春荒”问题后，吕惠生就把根据地的水利工作摆上了重要位置。

这一年，从皖中行署到各县、各区都成立了水利委员会，吕惠生还亲自担任皖中水利委员会主任。头绪再多，工作再忙，吕惠生都没有忘记水利工作。

有一次去无为仓头了解“变工”

情况，他和一行人正在乡间小路上走着，突降暴雨，带路的同志说前面不远有一个村子，请吕惠生他们赶紧进村避雨。吕惠生抬眼望望天空，抹一把脸上的雨水，戴上草帽问："季家闸就在仓头，远不远？"

带路的同志说："不远，过了前面那个村子就是季家闸。"

吕惠生说："我们去季家闸。"

带路的同志有点诧异："吕主任，季家闸残破不堪，没什么可看的。"

吕惠生说："季家闸是无为三座大闸之一，今天我们恰逢大雨，我们正好看一看。"

带路的同志说："吕主任，季家闸早该修建了，要是闸门能正常开启，今年我们这个地方就不会发生内涝。"

冒雨来到季家闸，一座摇摇欲坠的大闸展现在眼前：塔体下层砖石剥落，塔顶损毁开裂，闸门周围草木丛生。

吕惠生沉默了很长时间才说："季家闸旧在黄金庙左侧，因地势不宜，水道壅塞，附近圩田多旱涝灾害，百姓甚苦。明正统元年，季氏一族另选新址建闸，自废已田若干亩，开掘成河道，并捐款备料，聘请巧匠建成坚固耐用的石闸，此后百姓再无汪洋之忧，坐享丰阜之利。隆庆、万历和清代康熙、乾隆等年间又多次增修、重修，古闸勉强得以保存，只是清末至今再也无人过问此闸，现在是抗日民主政府，有责任重新修建，保一方百姓安居乐业。"

回到行署，吕惠生马上就组织水利委员会下乡调查，很快就草拟了根据地水利建设的计划。作为根据地中心区的无为地区，除了季家闸，陈家闸、黄树闸的现状与季家闸无异。三座大闸年代已久，早已废弃无用，十几万多亩良田望天收。吕惠生决定，立即开工修建三座大闸。但皖中根据地刚刚度过"春荒"，百废待兴，吕惠生与张恺帆反复研究，最后行署决定"地主出钱，农民出工"。这一兴修水利原则得到各方赞成，三闸修建工程十分顺利，到 5 月份就峻工了。

三闸工程受到群众的普遍赞誉，吕惠生心里充满了喜悦，但并未就此止步，他心里装着更多的群众。随着皖中根据地经济状况的好转，这年10月，行署决定筹建抗日战争时期的一项宏大的水利工程——无为江堤“黄丝滩”段退建工程。

无为江堤历史悠久。无为、和县沿江一带，宋代筑圩垦殖，明代堤工渐多。于清乾隆三十年(1765年)无为大堤形成雏形，是将沿江各圩联成四段，上起青岗寺16里，下至裕溪河雍家镇，长211里，形成了无为一线长堤的雏形，名“鼎修全坝”。早年，巢湖流域就流传过一个形容黄丝滩江堤险要的民谣：“破了黄丝滩，水淹巢县卧牛山。”从清朝同治八年（1869年）至民国二十一年（1932年），这里数次因长江发大水而出现决堤溃口，素有“一线单堤，七邑生命”之称，直接关系到无为、巢县、含山、和县、舒城、庐江、合肥七县三百多万人口、四百万亩良田的生命财产安全。由于江岸崩坍，江道变迁往往长达20余里，江堤退建或改变堤线非常频繁。自清同治以来，曾先后退建了96次，但大多是当权者借修堤之机收勒民众巨款中饱私囊，对于江堤修建之事敷衍塞责，造成江堤险情不断。

近30年里就有1911年、1912年连续两次江堤溃口，使堤内尽为泽国，三百多万民众的生命财产均遭劫难，其情其景惨不忍睹。

那时吕惠生已十岁。

时间虽然过去了30年，但当年那一幕幕情景仍时常在吕惠生的脑海里浮现。早在皖中行署成立之初，他就多次与张恺帆等人提到无为大堤的重要。

后来三闸修建期间，临江办事处又向他报告，说黄丝滩江堤已露裂痕。当时，他赶紧处理了手中的事情，去找张恺帆商量，要带着水利委员会的技术人员去黄丝滩现场勘察。

汤沟是去黄丝滩的必经之地，伪军团长刘子清当时盘踞于此。刘子清是铁杆汉奸，对抗日干部和根据地民众非常残忍。此人十分凶残，其暴行吕惠生曾在日记中这样记载：“刘逆子清在盘踞汤沟的18个月中，杀死民众700人。”

大家都望张恺帆。张恺帆知道他们这是不放心，但他又清楚吕惠生的性格脾气，就婉转地对吕惠生说：“吕主任就不用去了，我最近正好要去黄丝滩，我带他们去黄丝滩勘察。”

吕惠生笑道：“张主任谎都说不圆，你哪是去黄丝滩？我听说你要跟临江办事处同志一起给游击区的群众送粮度春荒，他们不同意你亲自去，你说这是抗日需要，对游击区群众是一个鼓舞。”

张恺帆说：“我们要运一车粮食去游击区，我正好扮成粮商，不会有危险。”

吕惠生说：“我扮成粮商，不也一样？”

张恺帆愣住：“这？”

吕惠生调侃：“黄丝滩江堤出现险情，我若不亲眼所见，饭就吃不香，觉就睡不妥，张主任不让去，不是害我吗？”想想又说：“年初春荒已有教训，没有第一手资料，我们很容易犯主观主义错误。”

说服不了吕惠生，张恺帆只好请他也扮成粮商，跟他们一起过汤沟军哨卡。过哨卡时，盘查的伪军小队长围着粮车看了又看，有点怀疑地嘀咕：“你们贩粮的？那边够吃吗？你们从哪弄来的粮食？”

临江办事处主任知道伪军小队长说的“那边”指皖中根据地，就笑着说：“老总说得一点不假，今年闹春荒，那边对粮食管得可严了，可我听说你们这边更缺粮食，粮价都涨一倍拐弯了，我们家老板见有钱好赚，就偷着收了一些粮食，趁他们不备，赶紧往你们这边贩运。”说着塞了几块大洋给伪军小队长，“回头我们还走老总这个哨卡，有财一起发。”

伪军小队长掂了掂手上的大洋，然后拍拍临江办事主任肩膀说：“对对，一起发财，一起发财。”

把粮食运到受灾游击区，张恺帆跟着吕惠生一起来到了黄丝滩。走上江堤，果然在堤坝上看到了一条条裂痕。临江办事处主任忧心忡忡地告诉吕惠生：“吕主任，裂痕比前些天又多了不少。”

吕惠生问随行的一位水利委员会同志：“你仔细看一下，能撑多长时间？”

这位同志边看边说：“河堤出现了这种情况一般都需加固，江堤就更不用说了。现在江堤虽不至于溃口，可还能撑多久，我也拿不准。”

吕惠生说：“既然如此，我们就要防患于未然了，不能拿几百万群众的生命财产当儿戏。”

水利委员会的这位同志说：“我记得老辈说过，30 年前江堤溃口也是事先出现多处裂痕的，当时辛亥革命爆发，末代帝制濒临灭亡，朝廷已经顾不上这些了。虽然当地老百姓用糯米汁和洋灰抹填裂痕，但江堤经不住长江上游冲下来的江水，还是溃了口子。”

这番话引起吕惠生的警惕：“你的意思是即使加固江堤，江堤仍然可能溃口?”

这位同志犹豫说：“有这个可能，当然这还要水利专家看了才能确定。”

吕惠生问：“根据地有没有这样的专家?”

这位同志说：“我到目前为止还没发现。”

吕惠生转向张恺帆：“张主任，江堤安危是大事情，现在当务之急要找到水利专家。”

张恺帆说：“这事我来落实，请吕主任放心。”

几天后，行署就通过关系从外面请来了水利专家。吕惠生要陪专家去黄丝滩勘察，遭到大家反对。临江办事处主任得知后，专程来到行署找到吕惠生说：“上次哨卡上的伪军就有点怀疑，现在短时间再去，哪来的这么多粮食? 肯定更要引起怀疑。”

吕惠生说：“这次我们不扮粮商就是了。”

临江办事处的这位主任说：“即使不扮成粮商，现在也很难过去。日伪春节后两次扫荡，伪军团长刘子清害怕七师报复，生怕派人到他盘踞的汤沟侦察，严令各哨卡不许放过一个抗日民主根据地的人。现在各个哨卡看得可严了，这次我来行署就是昨晚过的封锁沟。”

吕惠生一点也不惊异，笑着说：“日伪这是害了恐惧症，你们也没因为这个就不敢过封锁沟。我看就么办，明晚我跟专家一起也在晚上过封锁沟。”

临江办事处主任说：“吕主任，过封锁沟一旦被发现，碉堡里就会胡乱地往外打枪，子弹可不长眼，太危险了。”

吕惠生说：“照你这么说，我们的水利专家还不过封锁沟了？”

“这个……”临江办事处主任一时语塞。

张恺帆知道劝不住吕惠生，接过话来说：“过是可以，不过要请部队护送。”

吕惠生手指点点张恺帆：“你不提我也要说，肯定要派部队护送，当然不是因为我，是我们请来的专家不是哪里都有的，专家不能出一点问题。”

过封锁沟的那天晚上，还是被起夜的伪军发现，随着惊恐的叫声，枪声大作，碉堡里的伪军以为遇到新四军端炮楼，胡乱地往外打枪。警卫员大老赵、小老赵很敏捷地扑倒吕惠生和水利专家。大老赵甩手一枪打灭探照灯，霎时封锁沟一片黑暗。在这短暂的瞬间，手枪班也分成了两部分，一部分集中火力吸引炮楼里的敌人，另一部分掩护着吕惠生他们迅速穿过了封锁沟。

来到黄丝滩附近的一个村子里已是半夜，大家在一户村民的院子里和衣打了个盹，翌日一早登上黄丝滩江堤。水利专家边走边仔细观察，傍晚他神色凝重地对吕惠生说：“吕主任，十里长的江堤上都出现了裂痕，如果遇到连续暴雨，或者洪水从上游冲下，这一段江堤哪一处都可能溃口，危在旦夕呀！”

吕惠生问：“那就必须退后重新筑一段十里长堤了？”

水利专家点头：“是这个意思。”

吕惠生本有心里准备，但听了水利专家这话还是思索了一下才说：“那就请你拟一个方案，争取今冬明春完成退建工程。”

水利专家说：“江堤退建工程浩大，既要花钱又要征用大量民夫，还要损失沿江部分地区农民的利益，工作不好做呀。”

吕惠生说：“我跟张恺帆同志碰过头，若重建新堤，掌握这样一个原则：少压农田、避开险段，拉直全线。”

水利专家说：“共产党什么事都想着老百姓，我会按照这个原则拿出方案。”

为拿出切实可行的施工方案，吕惠生陪着专家又实地勘察了几次。吕惠生的身体力行，感染了这位专家，提出留在根据地参加革命的要求。吕惠生说：“你应邀为黄丝滩江堤退建工程服务，实际上已经参加了革命。”

对于水利专家，吕惠生既爱护尊重又严格要求，这在他和张恺帆一起与这位专家的一次专门谈话中可见一斑。

吕惠生说：“退建工程是关系到国计民生的大事，你是技术人员，又是中国人，应当为国家抗战建国创大业，为老百姓兴利除害做贡献。”

他又说：“你既参加了革命，就必须克勤克俭，尽心尽力。过去江堤多次退建，都不顾百姓利益，敷衍塞责，借此敛财，中饱私囊。现在你代表的是抗日民主政府，你在设计施工中要少压农田减少拆迁，尽量缩短工期，不许借机敲诈民众财物。

张恺帆补充说：“只要你认真负责，工程结束时，将论功给奖。”

这位专家深知两位行署领导的用意，表示坚决照办，保证尽心尽力地把黄丝滩江堤退建工程建设好。

1943 年 10 月 7 日，皖中行署在东乡召开黄丝滩退建工程动员大会。

吕惠生在会上做了动员报告（附录 3）。他从形势、前途谈到根据地的现状，最后延伸到黄丝滩江堤退建工程，丝丝入扣，通俗易懂，尤其是他提出的退建江堤的五条基线和起讫点，既尊重了水利工程技术人员意见，又考虑到农田和房屋，做到农田挤压、房屋拆除最少，赢得了长时间的掌声。

与会的各县代表高度评价说，吕主任把群众的损失降到了最低点，这是吕主任经过实地考察，作了大量调查研究的结果，也是吕主任智慧和汗水的结晶。

为了加强黄丝滩退建工程的组织领导，行署成立了黄丝滩退建工程委员会及工程局，工程局下设三个分局。委员 90 人，常委 15 人，工作人员 69 人；总董 51 人、圩董 298 人，另有新四军七师派兵 449 人。

黄丝滩退建工程动员大会后，吕惠生按照受益大小把根据地各县分为受益区和友谊区。受益区分为主体区、直接受益区、间接受益区，并按受益程度不同分配不同数量的民夫，友谊区则发挥团结友爱精神，组织民夫或支持资金。由于前期宣传组织工作到位，皖中根据地民众都知道黄丝滩退建工程是政府的利民工程，积极响应政府号召，各地派民夫工作很顺利，足额由当地民兵或农抗组织干部带队，从四面八方汇聚到了黄丝滩指定地点。

退建工程分三个地段，计划翌年春耕栽秧前一、二段竣工。整整一个冬季，长江北岸黄丝滩段长达十三里的江堤退建工地上，吆喝声、号子声此起彼伏，数万民夫（少则两万人，多则近十万）铲土、挑担、打夯，劳动场面甚为壮观。

但这项宏大工程自开工之日起，并不是一帆风顺，除了日军飞机时常轰炸扫射，工程建设期间，根据地还遭到日伪和国民党顽军的多次进犯。

江堤退建工程开工不久，驻桐庐桂顽一七六师就突然向根据地大举进攻。无为、高林、开城桥各据点的敌伪和伪军刘子清部也与顽军形成默契，与此同时协同进犯根据地。

顽军对根据地的进犯，令吕惠生十分痛恨，11 月 21 日，他和张恺帆以及皖中人民抗日武装委员主任兼参议会副秘书长金笑侬、副秘书长周新武联名通电全国抗议（附录 4）。

尽管整个电文言简意赅、措辞严厉，国民党顽军并未有所收敛，反而变本加厉、趁火打劫，仅翌年 2 月，正值黄丝滩退建工程进入施工紧张阶段，竟然接连三次进犯根据地。

面对国民党顽军的炮火，黄丝滩依然人声鼎沸。为鼓舞士气，根据地机关干部、部队官兵都经常到黄丝滩参加劳动。吕惠生虽然工作繁忙，但却忙里偷闲，只要一有空就来到黄丝滩和民夫一起铲土、挑担、打夯。民夫都是各县的农民，看到行署的主任跟他们一起劳动，干劲倍增，即使听到枪炮声也不受影响。

吕惠生的率先垂范还影响了一个特殊群体——部队文工团。当时活动在巢无地区的新四军皖南支队文工团吃住在黄丝滩工地现场，白天和民夫一起劳动，晚上搭起土台演出。演出内容都取材于白天的场景，如筑堤打夯，文工团战士白天边劳动边向民夫请教，然后按民夫熟悉的民歌小调，填写新词。头天晚上演出，第二天工地上就唱成一片："石硪打得高呀，哟！堤坝建得牢呀，嘿哟！不怕江水汹呀，嘿哟！秋天好收成呀，嘿哟！"

让人最震撼的一幕是《黄丝滩大合唱》。那天晚上，吕惠生和文工团战士们站在临时搭建的土戏台上，在远处不断传来的枪炮声中引吭高歌：

"只有长堤坚强，才是生活保障，黄丝滩是人民母亲，我们永远为您歌唱。我们拥护共产党，敌人休想来猖狂！"

一晃三个多月过去。

快春耕了，吕惠生有天听东乡老乡反映，一、二段退建工程即将竣工，许多民夫被调往三段突击帮工。吕惠生经常到黄丝滩与民夫一起劳动，对工程进度了如指掌，但由于军事、经济形势的变化，根据地对敌斗争和生产建设牵涉了他的大量精力，有些日子没去黄丝滩工程现场。听了老乡的话，欣喜之余，却又有一种不好的预感。他曾对工程局的负责同志说，估计一、二段工程春耕前可完成，而对于完不成的三段工程，到时则要改变办法——减少民夫数量，延长工程时间。他告诫说："虽黄丝滩工程造福民众，但若妨害春耕，则不啻夺其目前生计。"

把民夫调往三段搞突击，会不会影响一、二段工程春耕前竣工？

会不会影响一、三段民夫的情绪。吕惠生提笔给工程局的负责同志写了一张便函，指出爱民以时的重要意义，不同意调一、二段民夫帮助三段突击，并提出春耕时做三点：1、放夫种田；2、只留少数无碍耕作的民夫完成余工；3、一切费工而无实际效用之事等皆省去。

过了几天，工程负责同志派人到行署汇报，一、二段还差工，为不影响民夫回乡是否就此完工？吕惠生听完汇报，沉吟片刻，他决定再忙也要去现场察看。到了黄丝滩工地，他顾不得休息，马上察看。工程负责人边走边汇报："按照吕主任爱民以时的要求，一、二段工程所欠工程不多，我们打算完工，放回民夫。

吕惠生走走停停，仔细察看正在建的江堤。当初退建方案是他亲自带领技术人员拟定的，但眼前的江堤增加了不少方案中没有的附属工程，虽壮观好看，却费时费工。

吕惠生一声不吭，身边的负责人知道他是要批评人了。果然没等察看完，吕惠生就叫过那校正技术员，问他一、二段能否在春耕前突击完成。技术员说，只欠二寸至一尺七寸，民夫全力可在春耕前完成，不过——技术员说到这里有点犹豫。

吕惠生问："这是惠民工程，来不得半点马虎，不过什么，你有话直说。"

技术员说："不过，要是加上附属工程恐就难说了。"

吕惠生说："我记得这些附属工程原计划是没有的。"

负责同志接话说："吕主任，原计划确实没有。但这项工程规模宏大，在皖中地区前无古人，我们就增加一些附属工程，为黄丝滩江堤增辉，就像当年吕主任在芝山南麓绣溪公园建筑洗心亭教育世人一样。"

吕惠生严肃地说："洗心亭是以行贿之钱筑亭警示世人，而黄丝滩工程则是惠民工程，利在当前功在千秋，一切费工费钱而无实际效果的面子工程要坚决舍去。"

工程负责同志面露愧色，跟着大家点头称是。

吕惠生语重心长地又说：“我来之前作过了解，一、二段工程并非达到妨害耕作程度，不能因为我提出爱民以时，你们就又拿爱民这个好名词来突破竣工日期，这不可叹？况且现在工程已完成了九成，却不了了之，这不可惜？如果虎头蛇尾，造成不好影响，我们行署的威信又何在？之前你们调一、二段民夫到三段去搞突击，客观而言，你们是动了脑筋，也很辛苦，但如此一来，不仅影响一、二段工程，而且容易造成怠者讨巧，是为不公，这是我们为政绩而办事不妥的表现。”

吕惠生继而又自我批评：“这么重要的工程，我近期却以工作忙为由，很少来工地，听闻了一些情况，认为不妥应，又没有跟你们当面沟通，十足的官僚主义。今天如果我讲的有错，你们一样给我指出。”

此后，吕惠生无论多忙，都会抽出时间亲临现场，一边与民夫共同劳动，一边严格巡查勘察工程质量。

调往三段突击的民夫回到原施工地段，劳动积极性高涨，一、二段工程终在栽秧季节前竣工。三段工程虽未完工，也只留下少数无碍于耕作的民夫。

1944 年 5 月 6 日，风和日丽，菜黄麦绿。吕惠生骑一匹健硕的白马，沿乡间土路，往黄丝滩江堤驰去。

前天，他接到工程局退建工程全部竣工的报告，请示江堤落成典礼有关事宜。下午就要举行典礼了，他在行署办公室哪里坐得住？从工程破土动工到全部竣工，历时 212 天，没有一天不牵动着他的心。

工程局本着既隆重又节俭的原则，在举办典礼的那段新堤上铺了一层细细的黄沙，在阳光照耀下金光闪闪。提前赶到典礼现场的吕惠生，望着宛若酣卧的黄龙，满意得频频点头。走到高大的彩门跟前，他望着彩门上悬挂的“黄丝滩退建工程落成典礼大会”的绸布横幅，询问了准备情况，掩饰不住翻身上马，从彩门下策马健步走过。

参加落成典礼大会的除了党政军领导，还有参加建设的民夫、群众代表和根据地知名人士，其中美术工作者吴耘、亚明等也应邀参加。吕惠生、张恺帆先后致辞讲话，没有剪彩仪式，只见吕惠生骑马通过彩色拱门，绕拱门一周后，鸣放鞭炮，两旁群众向骑着白马的吕惠生抛洒红绿纸屑。

“咔嚓，咔嚓”——摄影师将这一幕幕场景的瞬间，永远地凝固在一幅幅照片上。

不是会场两端有新四军战士在警戒，谁能相信这是在枪炮声中完成的一项伟大的水利工程呢？

建成后的新堤全长13华里，高2丈，底宽12丈，填沿堤大小沟塘30多处，共完成土方40.4万立方米，先后动员民夫21万余人。整个工程耗资大江币五千万元。据当时黄丝滩工程局的工程竣工报告：“此次退建后，新堤（走向）已几乎与江水（流向）平行，堤身不再受江水冲击。新堤较以往任何一次筑堤都坚实，因此以后或可不再退建。”这一结论已被历史证实，至今七十多个春秋过去，虽然年代久远，这段江堤仍是皖中八县一市防洪的一道重要屏障。

当年新四军七师政委、皖中区党委书记曾希圣这样评价黄丝滩退建江堤：“其规模的宏伟，成绩的优异，出乎人们的想象。不仅在皖中是个史无前例的大工程，即在华中，也是一件与人民生活切肤相关的大工程，这是皖中劳动人民的惊人奇迹，更是敌后水利建设中的一个新创造、新纪录。”

延安《解放日报》5月30日以《华中各地大兴水利，皖中黄丝滩大堤竣工》为题，对黄丝滩退建江堤作了长篇报道，可见通过这项工程，抗日民主政府在皖中人民心目中树立了更崇高的威望。

1944年9月，为表彰吕惠生在兴建黄丝滩江堤中做出的卓越贡献，由皖江第二届参议会提议，经皖江区党委批准，新堤被命名为“惠生堤”。

从此，长江下游的无为大堤上，江城芜湖遥遥相对的十里长堤一改长江上大型堤防常见的曲折蜿蜒，以其不屈的身躯，展示着它的荣耀和壮观，保护着几百万人民的生命财产。

惠生堤——惠及民生之堤。

第十一章
律己

吕惠生曾在《自我批评大纲》里这样描述自己——

对于金钱，二十五岁以前，我简直不知其价值，二十五岁以后，我虽时在经济不充的压迫下，但取于分明，一文不曾苟且，倘稍看重，今已富家翁了。我不仅无此思想，即我内人也早无此念头。

正如吕惠生文中所述，他自从大学毕业后，不管在国民党政府为官还是参加革命后担任根据地的领导，他对自己一贯严格要求。

在皖中根据地民众的眼里，吕惠生这个行署主任是一个“大官”。

但就是这个“大官”，没置一间屋、没买一分地。相反，祖上留下的一点家业却被他变卖精光用于革命活动。他直到被国民党当局秘密杀害，一生都上无片瓦、下无立锥之地，就连在无城的住所都是租用的潘家公馆。

吕惠生幼时家境“小康”，不仅有祖辈遗田十八亩，母亲江氏还从娘家带来不菲的财富。母亲娘家是含山漕运的大户人家，外祖愚公只有一个儿子。吕惠生上私塾的时候，舅舅不幸早逝，外祖家产被亲属所夺，年迈的外祖气阻而死。此事在吕惠生幼小心灵中留下了深深烙印，随着年龄的增长，他看到了更多的社会丑恶，越加痛恨那些不择手段敛财之人。

正因如此，他才写下“只有铲除私有制，人心才可不迷金”这样发自肺腑的词句。

他从北京回到家乡不久就成为社会名流，正如他自己所言，如稍有发财之心，便可发家致富。在国民党县政府为官后，他给自己提出了“做官”原则：“不要钱，出气力”，“以纯洁的心地，勇猛的精力”“对付我的职务”。投奔新四军参加革命后，自我要求更严苛，几近“不近人情”。

刚考入农业大学那年的冬天，他接到家父病危电报，赶回无为家中时，父亲已去世七日。母亲去世时，正值抗日根据地初创之时，他虽在家乡工作，却整日在外奔波，顾不上过问丧事。母亲享年七十多岁，按巢无地区农村习俗，七旬过世即为红喜事。大哥吕兰生做主，欲以大户人家惯例操办母亲丧事。

吕惠生声望很高，大哥又在冯玉祥部下任过财政专员，在当地群众眼中，吕家为母如此操办丧事并不为过。但吕惠生得知后，丢下手头事务，赶回家跟大哥商量说：“母亲在世时为人低调，对于世之所谓荣华富贵，视之淡然，现在母亲辞世，丧事一切从简才是。”

大哥吕兰生以为三弟囊中羞涩，便让三弟放心，说：“惠生，这事你得听我这个做哥哥的，丧葬费用不用你烦神，一切由我承担好了。”

吕惠生却说："大哥，这不是钱的问题。依大哥和我的声望、地位，母亲丧事大操大办，恐有很多人前来吊唁。可现在日寇把战火都烧到我们身边了，全县民众都在为抗日奔波，在这家乡危难之际，丧事大操大办，大哥觉得妥当吗？"

三弟这是怕影响不好，大哥知道拗不过，勉强同意丧事从简。送葬那天，他与三弟扶送灵柩回老家吕巷村，一路上心里添堵，总觉对不起母亲。但当他到了母亲墓前，看到江北游击纵队挽联时，心头的压抑和不快瞬间烟消云散，取而代之的则是对三弟的由衷敬佩。

根据地得到巩固后，民众生活平稳，找吕惠生办事的亲戚渐多。但吕惠生原则性很强，全都毫不客气予以拒绝，甚至是不顾情面地批评训斥。

有一次，侄子吕慎祥、吕慎根结伴来看吕惠生，两人在堂屋刚坐下，就被吕惠生劈头盖脸地一顿批。沈自芳去书房叫吕惠生。吕惠生满脸笑容地从书房出来，看到两个侄子，笑容倏地不见了，站在那里盯着他俩上下打量。

吕慎祥比较活络，见三叔打量自己，忙站起来笑着喊："三叔——"

话音刚落，就遭到吕惠生训斥："慎祥，你来干什么，我这里不是公馆，不配你这样的公子出入！"

三叔当头一棒，弄得场面很尴尬。已经转身去灶房的沈自芳赶紧过来，抻下吕惠生衣摆说："怎么了？还不让孩子坐下？"

吕惠生指着吕慎祥说："你看看他这个德性！"

沈自芳转脸望吕慎祥。原来，侄子吕慎祥身穿绸面长衫，袖子里塞着一块手帕，俨然一个纨绔子弟的模样。沈自芳明白吕惠生为什么发火了，就走到吕慎祥跟前小声问："你三叔脾气不知道？怎么穿了这身衣服？还弄了块手帕揣着？"

吕慎祥嗫嚅着解释："这，这是刚穿上身的，不是来看三叔，我也不会穿它。"

吕惠生听了更生气："慎祥，穿衣看人，我看你思想有病了，跟老百姓感情疏远了。"

沈自芳说："慎祥又不是故意的，你跟他好好讲道理，他还能不听？"

吕惠生轻叹一口气，说："慎祥呀，不是我训你，你看人家慎根，同样也是来看我的，家里条件也不比你家差，怎么没穿你这个样子？你呀从小脑子就活，又读过几天书，我还一直希望你能尽快走上社会，做一点实实在在的事情呢。现在看你这个样子，我还真有点不放心。"

吕慎祥红着脸说："三叔，我保证以后不穿这身衣服了。"

吕惠生摆摆手："你这衣服晃得我头晕，有事抓紧说事，没事赶紧回家换掉。"

吕慎祥忙说："没事，没事，就是来看三叔的。"说着尴尬地站起来，望一眼沈自芳，"三婶，那我就先走了。"

望着沈自芳送吕慎祥出大门，吕慎根跟着也站了起来。

吕惠生说："你也只是看我的？没别的事？"

吕慎根犹豫了一下说："哎。"

吕惠生笑了："你就是个老实孩子，不用怕，是不是你妈叫你来的。"

吕慎根诧异地"咦"了一声："三叔怎么知道的？"

吕惠生说："说吧，究竟什么事情？"

吕慎根眼睛瞄着门外，等到沈自芳回来了，才低着头吞吞吐吐地说："我妈说，家里要做点小买卖，让我找三叔说说，想从集成行弄点紧俏的洋布、洋火。"说到这里，他抬头又说："我知道三叔要求严，我妈叫来又不好不来，就约了慎祥一起来了。"

吕惠生这回没发火，而是耐着性子说："做买卖，通过劳动发家致富，这是根据地政府提倡的，可千万不能动歪脑筋，以我权力弄紧俏商品。慎根呀，我们这个地方有一个说法，上代做官，下代敲砖。你妈以为有我这个做官的，亲戚就能发财。这是陈旧的封建思想，要不得的。你回去就跟你妈说，我对你，跟对我的子女一样，不偏不倚。”

吕惠生见吕慎根有点茫然地望着他，就又说：“我家其明也是一样的。”

其明就是吕惠生的大儿子吕其明。吕慎根听母亲说过，吕其明刚满十岁时就与十二岁的姐姐吕晓晴被三叔送到了新四军抗敌剧团。母亲说，你三叔、三婶心真狠哪，抗敌剧团经常随部队行军打仗，吃苦不说，还有危险。三叔当了这么大的官，不知图的什么？

吕慎根虽然老实，但也听懂了吕惠生的言外之意，点头说道：“三叔，我听你的，回去就跟我妈说。”

吕惠生说：“你回去告诉你妈，我吕惠生当的这个官，不是用来谋私利的，是为根据地全体人民服务的。慎根，你读过书，又年轻，革命队伍很需要，你回去跟你妈商量一下，你能不能不做小生意，我想让你到抗大学习，投身革命。”

吕慎根高高兴兴地回去了。吕惠生不帮着弄洋布、洋火，母亲也是有心理准备的，但让吕慎根到抗大学习、投身革命，母亲却没有答应。吕惠生得知后跟沈自芳说起这事，沈自芳说：“做母亲的舍不得子女，这个心情可以理解，不能按照你的标准来要求她。”

吕惠生本来是要坚持让吕慎根去抗大学习的，听了沈自芳的话就改变了主意，上门对吕慎根母亲说：“青年要有所作为，慎根不上抗大可以，但在地方上要为人民政府多做事。”

吕慎根母亲抹不过面子，说：“只要不离家，让他做什么都行。”

时隔不久，吕慎根真的要去上十圩做总董时，母亲又不同意了。

吕慎根说：“妈，你当着三叔的面答应的，怎么又变卦了呢？”

母亲说：“上十圩太大，有两万多亩田，你要吃多少辛苦？这个不说了，上十圩那里靠近敌占区，你不怕危险我还怕呢。”

弄清母亲的想法，吕慎根说：“妈，你看三叔家的其明，才十岁就出去参军了。那么小的年纪，整天跟着新四军行军打仗，危险大不大？”

母亲不吭声了。

吕慎根说：“妈，靠近敌占区没有什么可怕的，通往根据地各个要道口，我们都有碉堡、哨卡，敌伪不敢轻易摸过来，相反，他们还担心我们民兵游击队摸他们的哨呢。”

半年后，母亲就为儿子自豪了。由于工作出色，吕慎根受到了区政府表彰，村里的乡亲见到她个个竖大拇指。母子二人一商量，得空一定要谢谢吕惠生。

这天一早，天麻麻亮，吕慎根背着一只背篓往吕惠生家去了。快到村口时天已大亮，远远地，一个妇女蹲在河沟边打烧锅草。走到跟前，吕慎根不经意地瞥了一眼，竟是吕惠生夫人沈自芳。他愣了一下，诧异地喊了一声：“三婶。”

沈自芳抬头见是吕慎根，也是一愣，站起来说：“慎根哟，你怎么来了？”

“我是来看三叔的。”

“家里有事找你三叔？”

“我被区里表扬了，特地来跟三叔汇报！”

“今天什么日子哟，尽是好事，晓晴、其明今天也回来，正好，你回头去家里一起吃饭。”说着沈自芳看看天色，赶紧蹲下去打烧锅草。

“晓晴、其明他们回来了？太好了，我们陡沟的老百姓可爱看他们的戏了！”吕慎根兴奋起来，赶紧卸下背篓，跟着沈自芳打烧火草。

吕慎根突然想起来问：“三婶，怎么你也打巴根？”

打烧火草当地人称打巴根，沈自芳听了笑着说：“你三叔整天忙得不着家，在家两孩子又小，烧水做饭的没烧锅草哪行？”

行署主任家里还能缺烧锅草？但从三婶的口吻里听得出来，平时三叔家的烧锅草都是三婶打的，吕慎根话到嘴边又咽了回去。

很快烧锅草打好了。沈自芳帮吕慎根把背篓往肩上托起时，看到里面满满的，有点担心地说："看你捎这么多东西，你三叔又要批评。"

吕惠生不收群众东西，根据地的老乡都清楚，吕慎根笑着说："三婶放心，背篓里装的是大青豆和几条咸鱼，都是自家的。我妈说三叔爱吃大青豆、咸鱼了，特地让我捎上给三叔送来。"

沈自芳说："真不是别人托你送的？"

吕慎根说："真不是。"

沈自芳说："我不拦你，你三叔看到了，肯定问你，你可得如实告诉他。"

果然如沈自芳所料。中午，吕惠生看到侄子吕慎根和晓睛、其明姐弟，高兴得嘴都合不拢了，但刚聊了两句，他看见沈自芳端上桌子的菜中有大青豆和咸鱼，脸上的笑容倏地就没了影，转向沈自芳问："哪来的咸鱼、大青豆？"

沈自芳说："是慎根大侄子捎带过来的"。

吕惠生问："慎根，不许说谎。大青豆、咸鱼哪里弄来的？"

吕慎根说："大青豆是我妈从自家菜地摘的，咸鱼是我拿网逮的，这回来看三叔，我妈叫我顺便捎上。"

沈自芳说："慎根知道你脾气，哪会瞎说。"

吕惠生还是不放心："慎根，你说实话，这次来就是看我，没别的事？"

沈自芳埋怨地说："惠生，看你严肃的，家里亲戚哪个敢找你办事，人家慎根这次是向你报喜来的。"

吕惠生问："慎根，报什么喜？"

吕慎根说："去年三叔让上抗大，我妈没让去，三叔就让我为地方政府多做事。我后来在上十圩做总董，今年上十圩均夫（分配民夫）工作提前半年完成，全区第一，受到区里表彰了。"

吕惠生听了，开心地笑了，连说："好，好。"又转向晓睛、其明，"你们要向慎根大哥学习。"

吕慎根连忙摆手："哪里，我得向他俩学习，我们那里都喜欢看他们演戏，特别是其明，演的那个逃难的小毛，个个夸得不行。"

吕惠生问："群众看了戏有没有变化？"

吕慎根说："抗日激情激发起来了，不少年轻人踊跃参军，就连我妈都说，要不是我已经在地方工作了，她也送我去参军。"

吕惠生高兴地说："地方工作一样，都是为了抗日。"

吕慎根说："现在我们陡沟，男女老少，能跑能动的都为抗日做事，就连小孩子都成立了儿童团。"

吕惠生哈哈大笑，望了晓晴、其明一眼，对沈自芳说："自芳，我坚持送他俩去二师抗敌剧团，没有错吧？"

沈自芳说："就你舍得。"

吕晓晴、吕其明参加新四军二师抗敌剧团，还是吕惠生在仪征做县长的时候。

那一年家乡无城先是遭日军飞机投毒，后又被驻巢县、皖南大通的日军夹击。 国民党军队弃城西撤，无城很快沦陷。

吕惠生当时只身一人在仪征，很少与家人相聚。 有一天，海会寺来了两个年轻的新四军女兵，她们说是二师抗敌剧团的，为配合抗战，正在排练三幕歌剧《农村曲》，问吕惠生有没有合适的小演员。

当了小演员，就意味着参加了新四军，一切都要服从命令听指挥，行军打仗是家常便饭，随时都有牺牲的危险。 吕惠生想到了自己子女，问两个女兵："你们找我，是不是已经有人选了？"

两个女兵相视而笑后，点头说是。

吕惠生猜到了八九分，认真地说："演戏也是革命需要，小演员就是小战士，小小年纪就参加新四军，父母舍不得那是人之常情，不过你们剧团真要选中哪家孩子，我帮你们做工作。"

两个女兵蹦了起来："吕县长，那你是同意晓晴、其明参加剧团工作了？"

果然如此，但吕惠生还是愣了一下。大女儿吕晓晴十二岁，岁数已经够小的了，没想到还有十岁的儿子吕其明，他还真的有点舍不得了。

两个女兵望着吕惠生。其实，她俩已经找过吕惠生夫人沈自芳了。沈自芳考虑到吕晓晴和吕其明岁数尚小，尤其吕其明才十岁，有点不放心，说要跟孩子父亲商量一下。吕惠生很少回家，等不及的两个女兵这才赶到仪征。

吕惠生明白了女兵的来意，虽然有点舍不得吕其明，但很快就对望着他的女兵说："让晓晴、其明参加新四军，那是他俩的荣耀，我完全赞成，就让他们到革命的大熔炉里去锻炼吧！"

后来，八岁的吕道立也被吕惠生送到了新四军七师大江剧团。三个未成年的孩子在新四军这个大熔炉里锻炼，都成长为革命的栋梁。其中吕其明后来成为我国最杰出的交响乐作曲家和电影音乐作曲家，是中国音乐金钟奖终身成就奖的获得者。

当年吕其明一到剧团，团长就让他在《农村曲》第三幕中扮演逃难的小毛。吕其明第一次参加排戏，就像老演员一样，没过几天，就把戏里的唱段全背下来，把那个可爱可怜的小毛活灵活现地在舞台上展现出来。吕其明虽然只有十岁，但他常听父亲吕惠生讲贫苦农民的苦难，加上几个月前随军北撤时的艰辛，他对逃难的小毛这个角色就把握得比较准确，入戏很快。

《农村曲》深受根据地军民喜爱，经常是行军刚停下脚步就搭戏台演出。吕其明岁数小，又连续行军，十分疲惫。有天傍晚，剧团随部队长途行军刚在一个村庄驻扎下，就为当地群众演出《农村曲》。

搭好戏台，吕其明又累又困，眼皮子直打架。开演了，他扮演的小毛第三幕才出场，年幼的他就想稍微打个盹，等到了第三幕时，好养足精神上台演出。戏演到第三幕，前奏曲都奏响了，却不见了吕其明。这可把大家急坏了。团长一边让乐队重复演奏前奏曲，一边带着大家到处找，终于就在舞台背景假山后面发现了吕其明。

他在假山后面睡得正香，大家不忍心叫醒。但前奏曲一遍一遍奏着，团长不得不狠下心来把他拽起来，告诉他该上台演戏了。他打了一个哈欠，揉揉眼睛，当清楚自己耽误演戏了，赶紧走到台上。等前奏曲过去，他像往常一样张嘴便唱。这一唱团长急坏了，站在台口直搓手。平时嗓音高亢的吕其明，嗓子竟然沙哑了。谁知却引起台下观众的共鸣。年幼的吕其明掩饰不住的疲惫神态，不正是逃难的小毛吗？演出一结束，掌声经久不息。

虽然收到意想不到的效果，团长却十分心疼小战士吕其明，再也不敢掉以轻心了，行军、演出都格外留意关心，演出时还派人跟着照顾吕其明。

剧团的工作生活是艰苦的，但对吕其明来说，却是进了一所没有围墙和门牌校徽的生活大学、艺术大学，他在那里唱歌、演戏、教歌、行军、打仗、宣传鼓动。十五岁那年，他加入了中国共产党。

从十岁参加新四军一直到新中国诞生，整整九年的战地剧团生活，是吕其明人生经历中最宝贵的一个关键时期。这一时期的经历使他懂得了将个人命运、悲欢、荣辱和祖国、人民融合在一起，逐步形成了无产阶级的世界观、人生观和艺术观，创作出了管弦乐序曲《红旗颂》、交响叙事诗《白求恩》等一批大气磅礴的交响乐杰作和《铁道游击队》等群众喜爱的电影插曲。

吕其明回忆说，那九年人生经历对他后来的成长产生了极其深远的影响。

沈自芳的一句“就你舍得”，说得吕惠生不吭声了。过了片刻，他才对沈自芳说：“自芳，大家都说我不近人情，其实你心里最清楚，我怎么舍得孩子早早离开呢？可自从我投身革命，我们全家就已委托全部生命于革命，革命进则我家存，革命败则我家亡。这话你记得吧？我不止一次跟你说过。”

沈自芳说：“哪能不记得呢，你总是生怕我拖你后腿。”

吕其明眼睛眨巴着，瞥了一眼姐姐说：“爸，我跟大姐都没拖你后腿，老是被团长表扬！”

吕晓睛点头接话说：“爸、妈，你们放心，弟弟现在是团里的宝贝疙瘩，团长怕他年纪小，派人照顾，可他不要，就连我要帮他洗衣服什么的，他都不肯。现在他可会照顾自己了。”

沈自芳欣慰地说：“你俩能这样，我也放心了。”

吕惠生却是笑着提醒：“你们姐弟俩做得不错，可也不要骄傲，你们看你慎根哥，均夫工作提前半年完成，得了全区第一，你俩要向他学习。”

吕慎根不好意思地说：“三叔，我怎么能跟他俩比呢，他俩的名字可是家喻户晓。”

吕惠生摆手说：“干革命工作比的不是名声，是看他能不能全心全意做贡献。”

沈自芳笑着嗔怪说：“惠生，你又来了，慎根可是来向你报喜的，饭还没吃上一口，你就开始批评起来了。”

吕惠生嘿嘿笑了，一迭声地说：“吃饭，吃饭。”

刚动几下筷子，吕惠生想起了行署不久前颁布的减租减息法令，就问吕慎根他们那个村执行情况。吕慎根犹豫一下，说了一个字：“好。”

吕惠生皱起眉头：“怎么不说实话？”

沈自芳忙挟了一筷子咸鱼给吕慎根：“慎根，三叔这是向你了解情况，不怕，实话实说。”

吕慎根望眼三婶，这才说：“三叔，法令好是好，可执行起来不易。”

吕惠生丢下筷子：“前两年我在仪征搞过，执行得还是不错的，到了你们村，怎么就不易呢？”

吕慎根说：“三叔在仪征搞减租减息，这个我们都知道，可三叔，当时不是有一个佃户告状，三叔你又公正断案，仪征的减租减息恐怕也不容易搞下去。”

听了侄子这话，吕惠生就问：“你们村是不是有大户抵制减租减息法令？”

吕慎根说：“也不是，可我们村的大户就是拖着观望，乡里干部有时也下来了解情况，可没人反映。”

“哪些大户当然不会反映的了，可佃户为什么也不吭声呢？”

“佃户哪敢吭声呀，除非他们不想租地种庄稼了。”

吕惠生沉默片刻，突然问：“你伯父吕子明呢？”

伯父吕子明有一庄租田，吕惠生突然问到他，吕慎根不由得愣道：“伯父？”

吕惠生问：“他不是有一庄租地吗？”

吕慎根说：“他还没去收租呢，好像也在等什么。”

吕惠生说：“等什么？ 他是等那些大户，人家拖着他拖，可他就没想到，那些大户其实也在等他。”

三叔说得还真的在理，吕慎根不吭声了。 吕惠生望着侄儿，叫他带信给他伯父吕子明，这两天有空来一趟行署。 吕慎根知道三叔是要跟伯父谈话，有点为难地说：“三叔，伯父要是不来呢？”

吕惠生说：“他不来我去。”

第十二章 根据地教育

进入 1944 年，皖中抗日根据地已由初期的创立转为巩固发展。随着形势的变化，这年的 3 月，皖中区党委、行署决定在严桥区下庄创办皖中各县联立中学。

创办皖中各县联立中学，这在根据地巢无中心区是一件引起各界人士关注的大事。那天会议结束，吕惠生回到家里就跟夫人沈自芳念叨创办联立中学的事情。

沈自芳知道丈夫的心思。四年前丈夫在仪征任县长时，一双女儿被他送到新四军二师抗敌剧团，虽说是让儿女尽早接受革命风浪的锻炼，但没能让儿女接受正规的学校教育，却是丈夫心头挥之不去的遗憾。后来丈夫回家乡无为任县长，恢复了好几所小学，望着上学路上孩子的背影，丈夫欣慰的脸上有时也会浮现一丝羡慕。

现在要办皖中各县联立中学了，丈夫能不激动、不兴奋吗？

这一夜不会安稳睡觉了。

果然不出沈自芳所料，丢下饭碗，吕惠生就坐到旁边小桌旁，捻亮灯，铺开纸，一会儿翻看小本了，一会儿又在纸上写起来。

无为地区农户由于子女多、灾害不断，大多生计艰难，加上这些年日寇入侵，农民子女普遍失学，学校教育几度陷入瘫痪。抗战爆发后，抗日民主政府里有文化的干部很少，党政机关工作人员普遍"不善写算，不善记账，不善审查，不熟悉收支手续，不认识商品"。做过教员、当过校长的吕惠生，十分清楚无为地区的教育现状，一回到家乡担任县长，就将恢复无为县的教育事业作为政府的一项重要工作，普遍举办冬学、夜校等形式的群众教育。担任皖中行署主任时，皖中根据地得到了巩固和发展，吕惠生更是把教育事业放在重要位置，把教育工作写进了《行署总方向》，明确要求各地政府必须"注重文教工作，并放进自己的日程"，提出了"读书要与环境（救国）相联系，读书要与生产（生活）相联系"的教育思想。

在担任行署主任近两年的时间里，吕惠生无时无刻不在关心根据地的教育工作，据他的日记记载，召开、参加教育工作、教学研究、调研等有关会议就有二十多次，留下十多篇讲话和文章。不仅如此，平时不管走到哪里，只要遇到学校、私塾、夜校，他都要停下来进去看一看、问一问，了解掌握教育工作的第一手资料。

有一次去石涧埠镇了解完集市贸易和合作社工作情况，吕惠生早早就起床了，赶到镇上时太阳才刚刚升起。在一条新街上，货物堆满街市，吆喝声、叫卖声此起彼伏。吕惠生满心欢喜地走在熙攘的人群里，竟也与人讨价还价，买了几件日用品。快到中午，来到一处茶楼，镇长请吕惠生歇息。茶楼里面坐得满满的，镇长说，他们多是来集市做买卖的乡下农民。农民们大声地说着话，满不在乎地点着茶点。吕惠生坐下，与邻桌的农民攀谈起来。他问他们是什么地方人。几个农民说他们是庐江人，是来石涧埠赶集的。庐江是桂系顽军占领的地方，吕惠生问他们为什么不赶庐江的集市。他们一听就咒骂起来，捣他衰子（庐江骂人土语），广西佬在那里，把雨水也弄没了！吃了茶点出来，吕惠生又去了合作社。合作社在民间有信誉，做得也很不错。吕惠生鼓励了一番，就对镇长说，现在还有时间，我们去镇中心小学看一看。

镇长有点为难，说事先没有通知，请吕惠生到镇政府坐一坐。满脸喜色的吕惠生突然冷了脸，坚持要去镇中心小学。镇长知道吕惠生脾气，只得带着去了中心小学。走进学校，寂静无声。好不容易找到校长，吕惠生问，学校教员、学生呢？校长望着镇长支支吾吾。镇长急了，说吕主任问你话呢。校长耷拉着头，说学校只有一个教员在，其他的都请假外出或回家了。吕惠生叹了一口气说，这样的学校怎么能承担起教育孩子的重任？校长为难地解释说，吕主任，我们是公办小学，虽说学费收得比私塾少，可就是没有多少孩子来上学，学生少，教员就没了兴趣，时间长了就变成现在这个样子。望着破败的学校，吕惠生的好心情变得沉重起来，望着镇长、校长，他能说什么呢？要说责任，自己首当其冲，责任最大。他没有发火，没有批评，一声不吭地走了。

这天他彻夜难眠，在日记中这样写道："校内房屋倒坏残破、冗杂得不成样子，令我叹息不已。"

翌日没回行署，而是让镇长带他找一所私塾看看。来到附近的一个村子，他们跟着村长走到一个不大的四合院，还没进院门，就听到"人之初，性本善"的朗读声。村长说，到了，这是我们村的私塾。

听到朗读声，吕惠生想起自幼时读私塾的情景，就饶有兴趣地走到书屋跟前，静静地站在窗口听孩子们背《三字经》。正教孩子们背诵的塾师看见村长和几个人站在窗口，有点诧异，走出来问村长，今天有空转转呀？村长指着吕惠生说，行署吕主任说是来看看你。塾师呆住了。平时连村长都很少来的，行署主任这个皖中根据地最大的官怎么突然就来了呢？

吕惠生望着发愣的塾师，说打扰先生了，我们在旁边等先生下课。塾师忙摆手说，不碍事不碍事，我让孩子自己背诵呢。吕惠生就说，我幼时也上过私塾，教的都是四书五经，先生也是这样的吗？塾师说，是的吕主任，这个历来如此。吕惠生问，为什么一成不变？可不可以增加抗日内容呢？塾师一听，有点奇怪地问，抗日内容？吕惠生说，对，现在日本鬼子都打到我们家门口了，脱离这个现实，教孩子们死记硬背四书五经，这与社会大环境格格不入，将来孩子大了怎么办？先生，我上私塾时学的东西，现在除了会背几句四书五经，于现在救国救民并无多大益处。塾师有点发懵，说我教了几十年了，手头只有四书五经。吕惠生说，回头我让镇中心小学把抗日课本送来，先生还愁没有抗日内容可教？塾师还在犹豫。吕惠生笑着说，你可以明教四书五经，暗教抗日课本嘛。

大家都被吕惠生说笑了。临走时，吕惠生叮嘱，塾师目前是农村孩子接受教育的基本力量，一定要改善塾师的待遇。那个塾师一旁听了非常感激，主动表示要按照吕惠生的要求，一定把抗日课本作为私塾的教学内容。

回到行署，吕惠生马上就对各县小学、私塾进行统计。其中行署所在地无为县的五个区中，乡立小学 12 所，私塾 393 所。小学与私塾的这个比例，令吕惠生陷入沉思。时隔不久，在他的主持下，行署制定出了皖中根据地文化教育实施意见。这个意见对各种类型和地区的教育进行了细化，从具体政策和内容、措施上都作了针对性的规定：“加强大众文化教育、健全学校教育、改良私塾教育，恢复游击区和敌据点附近的小学教育与民众教育。”

尽管当时条件极其恶劣，行署的意见中仍然规定小学教育为“强迫性的国民教育”，“学生完全免费”。这一规定得到普遍赞同，小学受到了当地政府的重视，随着加大投入，改变校园面貌，入学人数逐渐增多。

但国民党国政府留下的是一个烂摊子，学校数量十分有限。皖中行署所在地的无为县，全县只有公立小学只有 24 所，其中完小 4 所，还有一所无为中学。就是这些仅有的二十几所学校，在日军侵占无城和重点集镇后，大部分都停办了。虽然皖中行署经过两三年的努力，教育事业得到较快的发展，但学校数量仍然十分有限。发展较快的无为县，全县小学也仅有 12 所，在校学生一千五百多人。即使在此基础上翻一番，也解决不了广大农村孩子的教育问题。而私塾遍布乡村。对于要不要保留私塾，虽然行署教育实施意见中已经明确，但不少同志仍持怀疑态度。

吕惠生又去了一趟村子。镇长告诉他，在私塾念书的孩子现在可高兴了，他们不再死记硬背四书五经，对于通俗易懂的抗日课本，不但孩子喜欢，许多家长也欢迎，甚至有的群众找到镇里，要求农民夜校也教抗日课本内容。这所私塾的变化，坚定了吕惠生改良私塾的初衷，多次强调指出，根据地私塾数量多，虽然“内容陈腐，但群众信任，学生广，如果取消私塾，在思想上、经验上、政治上都有困难，强调私塾也是一种教育，是将来民办小学的基础”。如何对私塾进行改良，他在无为县教育研讨会上说：“私塾要加强对新时代的认识和一切社会、自然科学之介绍，教育方法之介绍与改良，要更换教材。”同时，“政府要改善塾师待遇”，以此提高塾师把私塾教育与民主抗日结合起来的主动性。

为改良私塾教育，行署专门制定了“辅助私塾工作应该重于办学校”的实施原则。各县都选择一批中青年塾师集中接受辅导，既武装头脑，又研究业务。在此基础上，再对全县所有塾师分批分期进行辅导。通过有计划地全面辅导，改良的私塾从教学内容、教学方法到组织形式都有了改变：停教《三字经》《百家姓》或“四书”“五经”，换用行署编印的抗日课本。学生既识了字，又受到了“抗日救亡，团结救国”的教育。每周教唱一到两支抗日歌曲，上一节体育课。大部分学生参加了儿童的站岗、放哨、送信等力所能及的活动，让私塾学生从小也受到革命锻炼。塾师上课开始按学生程度编组进行教学，桌上没有了戒尺和“教鞭”，基本废除了体罚。

经过多方共同努力，两年后，皖中根据地已经形成乡有中心小学、村有私塾学校的格局，保证广大农村孩子都能有学上。现在，行署又要创办皖中各县联立中学了，这是教育质量的提升，更是适应根据地各项事业发展的需要。

一想到这些，为之耗尽心血的吕惠生怎么能不兴奋呢。

吕惠生患有头痛病，最怕熬夜了。沈自芳睡不着，几次想劝他早点休息，但话到嘴边又都咽了回去。她知道丈夫的脾气，在他专心思考问题时是绝不允许别人打扰的。但丈夫早上还要参加联中筹备小组会议，一夜未睡，他怎么还能坚持?

天边泛出隐隐弱光时，吕惠生终于丢下手中的笔，站起来伸展手臂打了一个哈欠。沈自芳抬头望了一眼墙上挂钟，这才说:“惠生，都快五点了，你早上不是还有会吗? 抓紧打个盹吧。”

吕惠生揉着太阳穴说:“还能睡两个钟头，七点不要忘。”

沈自芳说:“你放心睡，七点钟我喊醒你。”

吕惠生听沈自芳声音有点嘶哑，不禁问妻子:“自芳，你也一夜未睡，去躺一会儿吧。”

沈自芳说:“你不要管我了，我什么时候不能补觉? 哪像你，没日没夜的。”

这样的话，沈自芳说过多次了。家里的事都是妻子在忙，里里外外的，哪有时间补觉? 吕惠生轻轻摇了摇头，赶紧就去卧室。他心里清楚，只有自己去休息了，妻子收拾停当了，才有时间趴在桌子上打上一会儿盹。

沈自芳归拢桌上摊开的纸。她识得一些字，望着纸上密密麻麻的字，知道这是丈夫熬了一夜的心血，低头去看纸上的字。

第一页第一行，工工整整地写着：《关于联中学制课程等问题》（附录5）。

昨天刚开的会，夜里就动笔写了。丈夫就是这个脾气，装在心里的事不过夜。沈自芳轻叹一声，望着桌上的这叠纸，竟也按捺不住，一行一行看起来。

经过两个月的紧张筹备，皖中联立中学终于开学了。

5月19日这天上午，严家桥区下庄皖中联立中学大礼堂里不时传出掌声。这是吕惠生在联中开学典礼上正在作题为《青年之路》的报告（附录6）。

在这篇报告中，他希望"中国青年要立志走正当的革命道路，青年的责任在于读书救国、改造人生、改造世界"，号召"青年行进在抗战、团结进步人士之路上，争当社会的骨干、向导与先锋"。

他结合皖江地区的实际情况，联系自己过去在旧教育体制下的教学经历，对旧式教育进行了深入的剖析和批判："往时的文化教育其性质是奴隶的、封建的、半殖民地的，国民党式的文化教育是形式的、贵族的、奴化的、愚民的、陈腐的"，"我们却与之相反，我们要学以致用，要理论与实践打成一片，不脱离生活，是民族的、科学的、大众的以及进步的、独立自由的"。"要吸收一切资本主义国家文化的精华"，"要用启发式、研究性的"教育方法，"给予学生以民主生活，提倡思想自由，鼓励追求真理"。

当他说到"这是大家的事情——联中是皖中三百万人民的"，"是应乎国家民族的需要——培养抗战建国人才"，"大家都来多出一把劲"的时候，在场的干部、教员、青年学生都站了起来，情不自禁地鼓起掌来。

联中录取的学生是根据地最优秀的，为了保证教学质量，吕惠生不仅亲自授课，还精心挑选师资。经过一段时间的走访考察，终于组建了一支高水平的师资队伍。兼职教师除了吕惠生，还有行署秘书长郑曰仁、财务处长叶进明、无为县长陆学斌、县抗联主任许移山、区党委宣传部长周新武等。专职教员也是根据地最好的、知识水平最高的，其中董启翔、钟国松、周宏明还曾留学日本。

联立中学创办后，吕惠生又继续为学校的教学水平贡献才智。他授课之余，还为学校撰写教学大纲、审编教材，多次召开研讨会。在他的精心呵护下，联立中学成为根据地青年人向往的地方，自 1944 年 5 月创办到 1945 年 9 月北撤，共为皖中根据地党政军机关培养输送了五百多名“抗战建国”人才，他们中的很多人后来都成为革命队伍中的骨干力量。

抓好联立中学的同时，他始终没有放松其他各类教育。在 6 月 6 日教师大会上，他面对七百七十四名各类学校教员代表和教育行政人员，代表行署作了题为《关于发展文化教育》的讲话，首次公开提出了根据地“抗战教育”三大方针：“成人教育工作重于儿童教育，私塾教育重于学校教育，干部教育重于普通教育。”

6 月 9 日，仅仅相隔两天，吕惠生又熬了一个通宵，挥笔写下了《论普通教育中的学制与课程》。他在这篇论文指出，旧的教育“脱离了抗战与民主的原则”，“须知学制问题不过是反映社会分工的纵断面，课程问题不过是反映社会分工的横断面”。针对根据地的实际和需要，他提出“应确立高小以上的各级学校都吸收现任干部学习”，明确“无论干部或群众教育，战争与生产所直接需要的知识技能，重于一切其他文化教育”。尤其强调了普通教育要与群众教育相结合，明确“学校组织形态与各种实际活动不可分，可采取冬学、夜学、半日学校、星期学校、巡回学校、短期培训班、识字组、小先生制、艺徒制种种形式”。

这篇论文写的是普通教育，但纵观论文全篇二十五条，从理论到实践思考的却是根据地教育工作的全部。

时隔不久，皖中行署召开文化教育工作研讨会。吕惠生在听取与会人员的发言后，就根据地的文化教育工作作了一个全面系统的讲话（附录7）。

这次研讨会议后，吕惠生的讲话成为皖中根据地教育工作的行动指南。各级政府都把教育工作作为根据地建设的重要内容，教育工作很快就上了台阶，形成各类教育齐头并进的新局面。

1944年的根据地处在一个迅速发展壮大的阶段，作为皖中行署的主要领导，吕惠生有忙不完的工作，称得上“日理万机”。但再忙，他的心中都装着教育工作。

冬天快到了，根据地的各项工作都在“冲刺”，找吕惠生的人每天络绎不绝。文教处长徐冬荣想汇报冬学准备情况，几次走到吕惠生办公室门口，里面都有人在谈工作，直到过了吃饭时间，吕惠生才一脸疲倦地走出办公室。

这天早晨，徐冬荣早早来到行署，想提前到吕惠生办公室等候。还没走到，就见秘书小童拎着水瓶走在前面，他赶上前去说：“小童，今天怎么来得这么早？”

小童说：“每天都这样呀。”

徐冬荣奇怪地问：“为什么？”

小童说：“不是快到年底了嘛，每天吕主任都是早早来的。”

徐冬荣吃了一惊：“吕主任早早来了？”

小童说：“是呀，他在办公室正看材料，我送点茶水过去。”

来到吕惠生办公室，果然如小童所说，吕惠生正伏案看材料。小童进去倒了一杯茶递过去说：“吕主任，徐主任来了。”

吕惠生抬头见徐冬荣站在门口，站起来说：“徐处长呀，快进来坐。”

徐冬荣进去，还没开口，吕惠生就说：“徐处长是来谈冬学的吧？”

听吕惠生问这话，徐冬荣心里一热，忙点头说："是，这几天我几次想找吕主任汇报冬学准备情况，吕主任太忙，没排得上。"

吕惠生笑着说："今天排第一，时间由你支配。"

徐冬荣有点不好意地说："我抓紧时间，等会儿门口就要排队了。"

徐冬荣掏出本子，有点拘谨地汇报："抗日根据地的冬学，以成人教育为主，根据行署《文化教育工作之实施》的规定，教育的主要任务是：提高民族意识与必胜信心，破除迷信，教会应用技能，根据地建设及其将来，武装群众之重要及拥军参军。教学内容和目标是：扫除文盲，人人学会一千字，懂得一般问题。冬学开设的课程有文化课、政治课、农业常识，还有音乐课。"

吕惠生静静地听完，用商量的口吻说："徐处长，我想具体补充几点。为办好今年的冬学，我想重新明确冬学责任主体。前两年我们也搞冬学，但环境恶劣，不是日伪扫荡、顽军进犯，就是遇到春荒，各级政府精力受限，各县冬学由县文教科负责，力度不够，组织程度不高，效果也不明显。今年我想在县乡政府成立冬学指导委员会，由冬学指导委员会负责冬学的组织开展。"

徐冬荣正做记录，听到吕惠生说成立冬学指导委员会，不由得丢下笔，兴奋地说："各县成立冬学指导委员会，我们行署文教处的冬学工作就好抓了。"

吕惠生说："徐处长没意见，我就再说冬学的教材、教员。教材是冬学的基础，一定要选好。现在各县都自编了一些小册子，无为县就有《识字课本》，我看过，对扫盲学习很有针对性，但这远远不够，对于半文盲和有一定文化基础的，我们还没有一个好的课本，文教处可以牵头负责，以行署名义抓紧编印《民众读本》。有《识字课本》和《民众读本》，冬学就可避免一锅烩，按文化基础分类，文盲学《识字课本》，其他的学《民众读本》。徐处长，短时间编印《民众读本》，任务可是不轻哟。"

徐冬荣很有信心：“吕主任放心，我们文教处保证完成任务。”

吕惠生点头说：“这个我相信，不过文化教材仅仅是一方面，今年冬学要增加政治课，根据地各地情况不一样，不便统一，内容各地自行确定。比如：与敌接壤地区，着重讲防奸锄奸、支援武装斗争等内容；有扩军任务地区，着重讲拥军参军、抗日救国等内容；还要针对农民需要，讲农业常识，主要传授耕作技术和增产经验。教员根据教学内容确定，文化课主要由受训冬师、小学教师和塾师担任，政治课由乡及有关部门干部担任，农业常识课主要聘请有生产经验的老农担任。为活跃气氛，冬学还可以由乡文教委员或附近部队的文化教员教唱抗日歌曲、排演小节目。冬学教员不论专职兼职，冬学前都要组织一次培训，统一思想、明确任务、提出要求，这些都明确由各县冬学指导委会负责组织实施。”

徐冬荣听到这里，自觉惭愧：“吕主任考虑得如此周到，我们文教处一定认真消化，把工作落实到实处。”

吕惠生有点不满意了，笑着摆手说：“大家都说我喜欢讲话包场，一讲到底，很容易犯主观主义、经验主义的毛病。徐处长，你们文教处是职能部门，了解的情况一定比我全面，我讲的合不合适、管不管用，你们研究，过两天提交行署会议研究。”

徐冬荣连连点头：“吕主任放心，我们一定充分征求意见，认真讨论研究。”

徐冬荣之所以马上如此表态，是他清楚吕惠生说这话的目的。

四月份的行署干部互评会上，有同志提了他这方面意见，他自我检讨，称自己“自尊心与自信心过强，因而表现为英雄主义和主观主义的色彩”。他的检讨是真诚的。作为行署主任，他的话别人又怎么好反对呢？自此他就经常自我提醒，唯恐哪一点与实际不符。

吕惠生见徐冬荣说得很认真，就又补充说道：“冬学要在村庄设班级、行政村设分校、乡设立校本部，这样便于教学管理，也便于开展冬学竞赛。还有冬学费用也要研究，冬学专兼职教师一律尽义务，但灯油费还是要有出处。”

这些细节都考虑到了，徐冬荣不禁又连连点头。

离春节只有十几天了，在通往蒋家冲庄子的乡村路上，几个人有说有笑地走着。前面带路的是槐林区文教员，边走边跟身旁的吕惠生他们讲着蒋家冲的情况。

蒋家冲是一个不大的村庄，三十户人家，多是佃户，没几人识字。去年3月乡里派工作队员到庄子里，帮他们组织成立换工队，共同垦荒种地。乡里给他们的任务是三十亩，超出的各户按出工数分地。开荒分田地，佃户都有积极性，团结得一个人似的，但分地时却吵开了，都说记工有错。记工员读过几天私塾，说每天记工给大家报了，都按了手印。大家说我们又不识字，哪个晓得你写的什么。争执不下，大家吵到乡里。乡里看了记工簿，除整劳力，还有半劳力、牛、农具的换工。乡里出面逐户核对，才勉强解决了分地纠纷。

介绍到这里，区文教员说：“冬学两年前我们就组织的，但蒋家冲的农民宁愿窝在庄子里赌博，也不愿去乡里参加冬学，我听乡里说，其实那个记工簿上写的字和数很简单，都是冬学上教过的。”

吕惠生问：“其他村庄的情况呢？”

区文教员说：“都差不多。前两年冬学主要在乡里办的，参加的多是乡政府所在地农民。”

走在后面的徐冬荣上前说：“这次下来前我看过去年统计，你们区报的参学人数可是不少。”

区文教员愣了一下，不好意思地说：“徐处长，这是他们下面报上来的，区里也只是做了统计。”

徐冬荣有点不高兴了：“区里也不能不核实就往上报嘛，也太不负责了。”

吕惠生接过话来，说：“要说责任，我们最大。过去我虽强调冬学重要，但主要还是停留在嘴上、纸上，没有认真考虑过，也没有认真落实过。蒋家冲去年我来过，主要是了解垦荒情况，农民分了地，多打了粮食，夸政府组织垦荒好，但都没提分地纠纷。我也顺便问了几户人家识不识字，他们都摇头，说庄子里没几人识字。这次下来，我是特意再去蒋家冲看看的。”

大家都怔愣地望吕惠生。

吕惠生说：“我跟区里说，这次到槐林区，领导一个不要陪，只需文教员带路就可以。”

徐冬荣释然，原来吕惠生这是“微服私访”，不禁笑了，对区文教员说：“吕主任不要领导陪，区里的冬学你可要实话实说了。”

区文教员连忙点头：“徐处长放心，就是有区里领导在，吕主任问到我，我也会如实汇报的。”

吕惠生笑了笑，问：“今年蒋家冲有多少人参加冬学了？”

区文教员说：“这回蒋家冲的人可积极了，我记得不太准，大概有七八十人吧。”

“这么说，全庄能参加的都参加了？”

“对，就连年纪大的老头老太太都参加了，都说识点字不吃亏，再有记工什么的，心里踏实。”

“年纪大的方便？”

“方便，蒋家冲冬学班在村口祠堂，几步路就到了。”

“这是吕主提出的村庄设班、村设分校、乡设本校的要求。”徐冬荣忍不住插话。

“对，对，行署文件有明确要求。”

“其他村庄一样，都设了班？”吕惠生问。

“都设了。为这事专门搞过一次检查。”区文教员说，“今年我们区长可重视冬学了，亲自担任冬学主任，我们文教员可有干劲了。”

吕惠生与徐冬荣相视一笑，接着又问道：“每个村庄都办冬学，灯油费从哪出？”

区文教员说：“各村情况不一，有的是参学农民自筹，有的是从平时生产收入中支付，有的是集体砍柴卖钱支付。”

吕惠生问：“农民愿意？”

区文教员说：“开始有些唠叨，后来冬学不只是识字，还传授耕种技术，还教唱歌、编小曲，积极性就上来了，再也没人提灯油钱了。”

快到庄口，远处传来阵阵歌声，区文教员兴奋起来：“吕主任，就到祠堂了，今天冬学正好教唱歌。”

吕惠生竖起耳朵细听，唱的原来是改了词的《大刀进行曲》——

大刀向鬼子们的头上砍去！皖中爱国的同胞们，抗战的一天来到了，抗战的一天来到了！前面有七师英勇战士，后面有皖中的老百姓。我们七师军队勇敢前进，看准那敌人！把他们消灭，消灭，冲啊！大刀向鬼子们的头上砍去——杀！

歌声越来越近，吕惠生一行快步来到祠堂。站在祠堂门口向里望去，坐满了男女老少，大家笑嘻嘻地评价着刚才男人们唱的歌。一个穿着军装的年轻人举手往下压了压，议论声戛然而止。

区文教员说：“他是从区大队请来的战士，会唱会编，可神了。”

青年战士这时说：“刚才老少爷们唱《大刀进行曲》，雄壮威武，鼓舞士气，再练练，参加区里歌咏比赛。下面我再教妇女同志唱的歌，大家说好不好？”

有一个小媳妇站起来问：“小兄弟，妇女也有歌？”

青年战士说：“有，《妇女放脚歌》。”

有人笑着说：“妇女放脚，跟男人比呀？”

祠堂里“哄”一声笑起来。

青年战士说：“老少爷们莫要笑，妇女为什么不能跟男人比？妇女缠脚换工是半个劳力，放脚了就是全劳力，你们村换工队是不是这么算的？”

祠堂没有了笑声，大家交头接耳，轻声议论开了。

这个青年战士又举起手，往下压了压说：“现在抗日政府号召妇女放脚，集镇、大村的妇女差不多都放了，我们蒋家冲放的也不少。放没放，妇女自己最清楚。我唱一段，你们听听是不是这个样子？”

青年战士放开嗓门唱道——

筋缠断，脚缠歪，好好人儿摧残坏；
行路难，不敏捷，扭扭捏捏自作孽；
姐妹们，快起来，放开脚板把步迈！

一曲唱完，那个小媳妇带头鼓掌后，站起来说：“姐妹们，你们说这曲子好不好听？”

青年妇女大声齐说：“好听！”

“要不要学？”

“要！”

祠里热闹着。站在门外的区文教员要请吕惠生进去，吕惠生笑着摆手：“不打扰他们，我们再去下一个庄子看看。”

路上，他们碰到老少一家人赶去上冬学。老爷子坐在独轮车，儿子轮流推他。老爷子自在地眯着眼睛，嘴里哼着小曲。

吕惠生问：“大伯，你老哼的什么曲子呀？”

老爷子说：“什么？”

推他的儿子笑着对吕惠生说：“老爷子耳朵有点背，他唱的是《上冬学》。”

老爷子翘起胡子：“哪个说我耳朵背了？不就是问《上冬学》吗？这位同志，你想听小曲，我这就唱给你听。”

儿子这边说：“老顽童了。”

那边老爷就唱起来：“上冬学，上冬学，提着油灯邀大伯，从前只认扁担一，如今识字好几百，革命道理也会说。不是恩人共产党，到死也是睁眼瞎。”

吕惠生赶紧掏出小本子，拧开笔帽，嘴里重复着歌词，边走边记。

第十三章 抗日自卫军

1943年10月30日，皖中根据地成立了统一的地方抗日武装——皖中人民抗日自卫军，司令员由吕惠生兼任，政委由新四军政委曾希圣兼任。

这一天，吕惠生一身戎装，腰间别着陈毅军长送的那支德造手枪，英姿勃勃地站在主席上。他举拳宣誓后发表了答谢讲话（附录8），表达了自己努力做好这一工作的决心。

皖中人民抗日自卫军一成立，皖中行署就在11月份颁布了《皖中地区人民抗日自卫军暂行组织条例》。

《条例》规定：县成立自卫军总队部，区成立自卫军大队部，乡成立自卫军中队部。人民抗日自卫军分自卫队与民兵两种形式。自卫队的基本任务是盘查、瞭望、担架运输、通讯、向导等后勤工作；民兵基本任务是配合正规军，牵制、袭击、扰乱敌人、破坏交通、侦察敌情、送俘虏、埋尸体、打扫战场、担任警戒等战斗任务。

早在1942年8月，新四军七师副师长傅秋涛在七师八一参谋会议上，就提出要把“组织民兵及自卫队武装”作为“完全巩固根据地，创造外围战略支点的重要任务”。会议以后，民兵工作有了发展，特别是经过秋收时的减租减息斗争，农民为了自身利益，有了参加自卫队和民兵组织的积极性，10月份，无为县组织民兵检阅活动，9个区62个乡，自卫队人数已达到17134人，民兵已达到了2447人。而前一次检阅时尚无民兵。

但出于各种利益考虑，也有部分群众对民兵组织有不同看法：有的说民兵是拉壮丁的另一种形式，也有的说把民兵做当头炮。根据地创建之初，七师的主要任务是保卫巩固根据地，1943年以后，随着七师力量的壮大，就经常跳到外线敌占区与敌作战，消灭敌伪有生力量，不断扩大皖中抗日根据地。由于形势的变化，保卫根据地的任务更多地要由民兵来承担。为了迅速发展壮大民兵武装力量，吕惠生在颁布《皖中地区人民抗日自卫军暂行组织条例》的当月，就召开民兵干部大会（附录9），会上他用通俗的语言说：“民兵是地方性武装，与纯粹的兵有区别，与纯粹的民有区别。他既是民又是兵，寓兵于民，寓兵与农。民兵是群众自己的武装，而不是私人工具。民兵是民族的孝子贤孙，是民众中的优秀儿女，是第一等的公民。”

这一年的冬季，按照《皖中地区人民抗日自卫军暂行组织条例》，皖中根据地各县、区、乡相应都成立了自卫军组织。

眨眼就到了1944年，冬季还没过去，日、伪、顽军就连续三次进犯皖中根据地。刚成立的抗日自卫军虽在保卫根据地的战斗中发挥了一定作用，但也暴露了自身的不足。尤其是2月15日桂顽的一次突袭。

那天早晨，一个团的桂顽从杨家桥、金牌、泉塘三路向根据地祈雨山阵地扑来，两个民兵中队与之激战两个多小时，虽然为部分群众争取了转移时间，但顽军还是把附近不少村庄的老百姓堵在了村子里。据吕惠生日记记载，顽军不仅掳走财物、奸淫妇女，还把群众赶到一起开会，“每亩取钱五十元，稍迟一星期再取七十元，关押很多保甲长，有些被打得头破血流。湖东临泉区乡长成建中被敌残杀。”

这次顽军局部突袭，对于整个皖中根据来说，并无大碍，但吕惠生事后赶到当地了解情况，却从中看到了民兵武装力量的欠缺和不足。

在祈雨山附近的一个村子里，乡长把吕惠生带到一户受害群众家里。乡长告诉吕惠生，这户人家的儿子是一名民兵，参加了这次祈雨山战斗。由于撤退得匆忙，没能回家带上家人，结果家里被洗劫一空，他的媳妇也遭顽军奸淫。

到了这户人家，大娘见是行署来的领导，抹着眼泪说：“杀千刀的顽军不去打鬼子，却跑到根据地祸害我们老百姓，天理难容呀！”

吕惠生说：“大娘，你家的事我听说了，我们一定不会让悲剧重演。”

大娘叹气：“要是有新四军七师在，顽军就不敢来欺侮我们老百姓了。”

吕惠生说：“大娘说得对，他们害怕七师，可根据地这么大，不可能每一个地方都有七师驻守。再说七师的主要敌人是日本鬼子，顽军躲在一边，总是趁七师对付鬼子时袭击我们的根据地，就像这次祈雨山战斗。”

大娘好像听懂了，有点疑惑地问：“那我们不是老要遭顽军欺侮了？”

吕惠生说：“我们不是还有民兵吗？只要民兵能拖住顽军，坚持到主力部队赶来增援，顽军就没有好下场。”

旁边的乡长接话说：“吕主任，民兵打不过顽军，这次祈雨山阻击战，阵地很快就被顽军攻下。”

吕惠生说：“其实是可以坚持更长时间的，顽军死伤一百人左右，而我们的民兵几乎没有伤亡。”

乡长说：“主要是我们的碉堡起了作用，顽军打不到我们，我们能打到顽军，听民兵中队长说，顽军人多，他们怕被顽军包围，才撤出战斗的。”

吕惠生问大娘：“听说你儿子也参加了战斗，他人呢？”

大娘说：“被喊去训练了。”

乡长说：“这是县里组织的民捕骨干训练班，参加过战斗的民兵都被集中起来了，县里请驻军部队的一个连长帮着训练。”

吕惠生点头表示赞许，回头对行署武委会的同志说：“这次祈雨山虽是局部发生的战斗，但要引起我们足够重视，回去我们向曾政委汇报，请七师帮助各县自卫军总队训练民兵。”

大娘一旁听了问：“民兵不是跟兵一样了吗？”

吕惠生说：“大娘不要担心，民兵是兵也是民，是住在家里的兵，是在家门口配合主力部队保卫家园的群众武装。”

大娘若有所思地点头：“有吕主任这话，我就放心了。前年我没让儿子当新四军，不是不支持政府，我就他一个儿子，乡里成立民兵中队的时候，我就同意他去了。”大娘想想又说：“前些日子，有人说七师要扩军，民兵都要补充进去，吕主任，这不会是真的吧？”

吕惠生说：“民兵一样打鬼子，去不去七师，那要看每个人的情况，大娘放心。”

从这户人家出来，乡长说：“民兵组织都建立起来了，可不少人怕调到别的地方去，积极性就不高了。”

吕惠生说：“这是谣传，我在自卫军成立大会曾驳斥过，看来是我们宣传得还不够。”

离开大娘家，吕惠生又到祈雨山阵地观察一番说：“这些碉堡一字排开，间隔又大，难怪民兵中队长怕被包围。”

行署武委会的同志说：“我跟七师的同志交流过，如果碉堡互为犄角，火力就可以交叉射击，顽军想要消灭哪一座碉堡，都要付出很大伤亡。”

吕惠生说：“你说得很对，可为什么他们的碉堡会建成这样？这是我们的责任，没有很好地组织、指导和督促检查。今后武委会要把这项工作抓起来，不光要在与敌顽接壤地区建碉堡，更要建好碉堡，要把碉堡的威力发挥到最大。”

一回到行署，吕惠生就召开民兵工作会议，研究布置加强民兵队伍建设的各项措施。宣传发动群众、组织民兵训练、建设碉堡，每一项工作内容吕惠生都考虑得细致周全。

这次会议后，吕惠生经常一身戎装，带着自卫军的同志到各地检查指导民兵工作。不管走到哪，他在检查工作之余，都要向走到群众中去，向群众宣传民兵武装的重要性，告诉他们民兵是保卫家园的自己的武装，哪个地方民兵武装搞得不好，就可能重演祈雨山的悲剧。群众的积极性激发出来了，许多自卫队员也纷纷要求转入民兵组织，民兵数量由此猛增。

民兵队伍壮大后，训练的热情也随之高涨，各地纷纷请新四军七师派军事干部帮助训练民兵，民兵的战斗素质有了很大提高，个个信心十足，都想跟顽军来一番较量。

吕惠生在抓民兵队伍建设的同时，十分重视与敌顽接壤地区的碉堡建设。祈雨山的战斗失利，不仅仅是民兵战斗力不强，没有建好碉堡也是一个很重要因素。如何把碉堡建好，吕惠生跑遍了根据地大大小小的建碉工程，带着工程处的同志专门向七师同志请教，要求工程处配合好军事负责人，既保证碉堡质量，又符合作战要求。

吕惠生的日记中记述了湖东建碉工程的有关情况——

湖东自卫军总队部，与政委、主任同往周家大山南线考察建碉工程。

碉堡概况：一般为三角形，五层，用柱子，以土基镶内。大砖砌外及顶，各层皆适当的配备机枪、步枪、手榴弹、线网等装置，最上层为瞭望台，全碉直径约一丈八尺，高约二丈七八尺、墙厚六尺以上，门厚五寸以上，内可容纳一连人，平常容纳一个排最为妥当。

碉周围三四丈，外为木城一道，系松树长桩两层斜植者，只留门两个，城外竹签密插地上，竹签区处安置石炮地雷，另有四角铁钉散布城外地上。周家大山一线各山计有碉二十四个，互为犄角皆能以机枪交叉射击，使敌人无可逃去。沐集一线建碉九处，一直线布置。此外有小碉上十个，共约四十个。沐集二碉于木城外加造战沟一道，宽深约一丈，以为护卫。其外安置石炮地雷。更在西方挖河沟一道，即昔时肇河之基也。宽三丈、深二丈，使敌不能渡过。一般情况，周家大山一线建碉工作已完全成功，惟于大碉之前哨，更拟建一、二小碉，以为前卫，将再兴工。

由于措施得力，各县民兵武装得到快速发展壮大，根据地的民兵人数由最初的几千人发展到了两万多人，同时根据地与敌接壤的重要地区都建起了坚固的碉堡群，这些都为新四军七师机动作战创造了条件。 不仅如此，民兵武装还主动配合新四军七师作战，纠缠敌人，破坏敌前敌后交通和供应线，阻碍敌人的行动和补给，即使没有作战行动，也经常主动出击袭击敌人据点。

民兵的战斗力在随即的反扫荡战斗中得到了检验。 有一次，一股日伪扫荡无为县新民区。 面对数倍于己的敌人，区民兵大队沉着应战，坚持了一整天也没让日伪军攻破碉堡阵地。 区党政机关和根据地群众安全转移后，民兵大队才在夜色掩护下撤出阵地。 翌日早晨，日伪军再次组织进攻时，没有遇还击，正诧异时，新四军的主力部队赶到了，已经过一天战斗的日伪军以为遭到埋伏，慌忙撤出了根据地。

除迎击日伪军的进犯，民兵武装还经常主动出击。 巢县、盛家桥及襄安、无为之间的公路、电话线，几乎每夜都遭到地方民兵的破坏；槐林、高林、分路口、横步桥等地的日伪据点，不断遇到槐林、南苏、新民各区民兵大队的袭击。

1944 年下半年，新四军七师已由当初的一千九百多人发展到了三万人，日伪军再也不敢贸然向根据地进犯了。日益强大的新四军七师则主动出击，端炮楼、破据点，日伪军逐渐被压缩在县城和几个重要的集镇，就连盘踞在汤沟的伪军刘子清部也撤出了汤沟。

但国民党顽军则十分害怕新四军的壮大，趁七师主力外线与日军作战之机，调集两千余人的兵力，突然向根据地进犯。此时吕惠生正在乡下，得到敌情报告后，马上电告新四军七师主力部队，然后组织指挥各地自卫军和民兵，在严家桥、尚礼岗、石涧镇等地阻击顽军。

这是一场大规模保卫家园的战斗。战斗首先从尚礼岗打响。吕惠生指挥着几千人的地方武装，凭借坚固的碉堡和交通壕、地雷阵将顽军拒之门外。顽军久攻不下，又转向严家桥和石涧镇，结果都遭到同样的顽强阻击。

激战至第三天，顽军进犯根据地没有任何进展，正气急败坏，新四军七师主力从外线掉头增援回来了。顽军自知讨不到便宜，更怕被全歼，只得仓皇撤了回去。

这一场保卫家园的战斗，共打死打伤顽军一千多人，缴获各种大炮四门，轻重机枪二十三挺，长短枪七百多支，子弹二十多箱。

自此直至日本投降，国民党顽军除抗日战争胜利前夕奉命进犯根据地外，再也没有轻举妄动。

第十四章 解放无城

1944年根据地进入到一个大发展阶段。

沿江地区在完成打通七师与五师联系后，迅速扩展到桐城、贵池、怀宁、东流、至德、彭泽一带长江两岸，并于1944年11月在贵池境内建立沿江行政办事处，开辟了一块自铜贵青边界至贵西的跨长江两岸狭长的根据地，基本上控制了马当地区。皖南支队大部分人员也于1944年7月，由江北进入皖南的铜、青、南、繁、芜、当、宣地区，于9月成立铜青南行政办事处，建立了铜青南解放区。1944

年 12 月，皖南地委和支队机关又从江北的白茆州南迁至桐陵东部的舒家店一带，建立了贵池解放区。

1944 年的大发展，使皖中根据地横跨大江南北，形成了“控制七百里江堤”的局面，其地域远远超出了皖中地区。为顺应形势的快速发展，1945 年春，创建三年的根据地由皖中更名为皖江。根据地的更名，标志着共产党领导的抗日力量日益强大，吕惠生有一种强烈的预感，取得抗日战争胜利已为时不远了！

1945 年 8 月 15 日，日本宣布无条件投降，抗日战争终于取得了胜利。当电讯传到皖江抗日根据地时，整个恍城山区欢声雷动，军民奔走相告，许多人激动得热泪盈眶。

吕惠生拿着《大江报》社铅印的“日本宣布无条件投降”的《号外》，听着机关人员一遍又一遍地高声朗读报纸电文，看着一群年轻人兴奋地蹦着、跳着，他不由得感慨万千。深受八年离乱之苦的人民将可以医治战争创伤，重建家园了；历经战火洗礼的党、政、军干部将可以投身和平建设，效力国家了。

正当七师准备接受日军投降、收复失地的时候，蒋介石为抢夺抗战胜利果实，发布命令，要八路军、新四军“原地驻防待命”，日伪军“负责维持地方治安”，等待国民党军队受降。根据地坚决遵照延安总部和新四军军部的命令，向驻无为县城等四十多处敌伪主要据点发出最后通牒，限其在投降签字前，交出全部武装。

8 月 15 日，吕惠生亲率张世荣、杨杰、蒙谷等同志在无城西郊檀树棵村与日伪代表谈判受降事宜。由于日方已经接受国民党政府密令，拒向共产党及其所领导的军队、政府缴械，致使谈判破裂。两天后，新四军主力部队武力围攻无城。无城日军在新四军强大的攻势下，不得不弃城撤退，沦陷五年零一个月的无为县城宣告解放。

无城解放的当天，城内硝烟还未散尽，吕惠生就与无城新任区长钱光胜一起跟随部队入城。无城群众自发地来到街上，喊着口号拍着手欢迎入城的新四军。吕惠生走在石板路上，欣喜之余又流露出一丝心酸。日军占领无城的这五年里，无城百姓的日子一天不如一天，特别是根据地控制粮食后，无城粮价飞涨，最高时竟是根据地粮价的五倍。

久违了的无城，熟悉又陌生。望着面黄肌瘦的群众，吕惠生对身边的钱光胜说："钱区长，整整五年无城百姓都生活在日寇铁蹄蹂躏之下，你望没望见，他们个个瘦得不成样子，一脸菜色，这是腹中无食呀。"

钱光胜点头："这几年无城百姓生活实是苦，揭不开锅了，出城到乡下亲戚家讨点粮食，偷着带回城勉强度日。"

两人正说着话，路边人群突然骚动起来。吕惠生说了句"去看看"，就往那群人走过去。群众见队伍里有人过来，把吕惠生、钱光胜让进去。原来是一个老爹晕倒了，旁边蹲的孩子不停哭喊："爷爷！爷爷！"

吕惠生蹲下打量着老爹，头也没回地对钱光胜说："这是饿的，水——"

钱光胜递军用水壶，吕惠生接过给老爹喂了口水。老爹醒了，一把抓住吕惠生的手："你是吕三爷吧，当年你在老街口演讲，我见过。这下好了，你回来，无城老百姓就有救了！"

吕惠生排行老三，叫他三爷是无城人的尊称。吕惠生也激动地说："老爹，是共产党、新四军打回来了，无城百姓得救了。"

吕惠生从挎包里掏出一个馒头："老爹，吃点馒头填下肚子。"

老爹感激地接过，转脸给了旁边的孙子。

孙子大口吃了起来。吕惠生又掏出一个馒头，老爹望望周围的群众，犹豫了一下就伸手拿过。周围的群众眼巴巴地望向吕惠生。吕惠生望向钱光胜，钱光胜从挎包里掏出最后一个馒头，十几双手就伸了过来。

心情沉重地来到县政府，吕惠生指着县长办公桌对钱光胜说："这张桌子可不好坐呀，钱区长，刚进城你就面临群众吃饭问题。"

钱光胜说："我马上就去了解无城几家粮栈贮粮情况。"

吕惠生说："进城前我了解过，几家粮栈所贮之粮，还可维持三四个月，只是这些粮商囤积居奇，做着发财的梦。"

钱光胜挠头说："这些粮商大多奸伪，比较顽固，工作不太好做呢。"

吕惠生掏出随身的笔记本，翻开一页说；"我有这几家粮栈老板的地址，现在就去找他们。"

钱光胜松了口气，笑着说："有吕主任去，我就不怕了。"

吕惠生说："钱区长，我可只管这一回，无城的事以后可得靠你自己。"

钱光胜嘿嘿地笑了。

两人在县政府一杯茶没喝，就逐户登门做粮栈老板工作。皖江行署主任、无城区长一起登门，粮栈老板不敢造次，但又态度不明。若不是吕惠生在场，钱光胜就要拍桌子骂人。吕惠生却不急不恼，耐心地对老板们说："有粮不卖，无非是想多赚钱罢了，可无城解放了，你们还能通过囤结积居奇谋取暴利？要是有这样的想法就大错特错了。"

有的老板说："你们民主政府，提倡买卖自由。"

吕惠生说："民主政府提倡买卖自由不假，但粮食、食盐这些涉及百姓日常生活的物品，我们却是不允许囤积居奇、哄抬物价的。无城的米价高出根据地五倍，为什么？那是因为无城缺粮，现在无城已经解放了，根据地有足够的粮食储备，还能听任无城缺粮吗？我们随时可以把根据地的贮粮运到无城来。"

这番话切中利弊，粮栈老板就是再舍不得，也不得不同意开仓卖粮了。

做通粮栈老板们的思想，吕惠生又当着他们的面对钱光胜说："钱区长，你以区政府名义马上贴出布告，凡无城百姓按人口供应维持口粮，无钱买粮者可到区政府登记领取购粮条，粮栈凭条日后与区政府结算。”

钱光胜不禁暗自笑了，这不就是开仓放粮、赈济贫苦百姓吗?

翌日布告贴出，无城百姓奔走相告，纷纷提着粮袋涌到各个粮栈。

钱光胜组织民兵在各个粮栈维持秩序、登记发放购粮条。连续几日，无城百姓都有米吃了，无城也恢复生机。吕惠生又与七师大江剧团联系，请他们进城为无城各界父老乡亲作慰问演出。大江剧团进城后，演出了《放下你的鞭子》《张家店》等文艺节目。

《放下你的鞭子》表现的是普通民众在日本帝国主义的压迫下饥寒交迫，最终在具有先进思想的青工启发下，一起走上抗日救亡的道路;《张家店》表演的是在一个小村庄，广大民众与日寇斗智斗勇的故事。大江剧团的演出深受无城百姓欢迎，很多群众只要听说剧团有演出了，看过的也要赶去再看。抗日战争的胜利来之不易，激发起无城百姓对共产党的由衷热爱。

大江剧团在无城演出的这几日，每天都传来捷报，新四军又相继攻克了凤凰颈、襄安、运漕、雍家镇、望城岗、铜陵、繁昌等四十余处敌伪主要据点，共歼日伪军万余人，解放国土一万八千平方公里。

此时的吕惠生百感交集。在无为县体育场召开的千人祝捷大会上，他发表讲话前对充满胜利喜悦之情的各界人士提议：为在抗日斗争中英勇献身的烈士默哀。

体育场内霎时沉寂肃穆。

八年抗战的一幕幕场景在吕惠生的脑海里闪过。那些前仆后继战死疆场的七师健儿，那些为民族存亡而献身的烈士，还有与他同甘共苦却没能看到胜利的挚友、战友：胡竺冰、陈可亭、叶圳珩、卢光娄、黄人群……

可谁又会料到，日军终于无条件投降了，国民党却阻止他们向根据地人民缴械投降。吕惠生不会忘记，就是这个月的中旬，与新四军早有联系的驻芜湖反战同盟代表楠木，还到江北与我方洽谈受降缴械之事，却因突然接到国民党当局“负责维持地方治安”、等待国民党军队受降的电令而拒绝缴械投降，迫使新四军七师发起强攻，以牺牲新四军指战员的生命为代价，收复芜湖部分地区以及无城、运漕镇、雍家镇等日伪据点。这是多么的不公平啊！透过这种种迹象，吕惠生看到了内战的不可避免。此前他就写过一篇为《虑》的文章，通过分析国际国内反动势力的本质，判断“中国未来的国内战争——国共分裂，殆属必然之事”，并预言国民党反动派发起了“此种战争，将于对敌人（日本军国主义者）开始反攻的堂皇口号之下，有意的、秘密的、诡诈的一同进行。其所展开之战局，将是空前普遍与残酷，较之民族战争，其程度有过之无不及”。但焦虑中的他，坚信共产党会取得最后胜利，他认为“我有三利，一曰坚定，共产党的精神贯彻一切也。二曰传统，优美军誉遍布民间也。三曰光明，政治设施实效完善清廉也”。他断定“为此战局一开，我有根基，我有羽助，胜之道也……”，“此等后验，绝不为他人道也”。

吕惠生的预言为后来的事实所证明。

正是因他有必胜的信念和准确的判断，在千人祝捷大会上，他满怀信心地发表了鼓舞人心的讲话，号召军民团结一致，坚决保卫胜利果实，在共产党的领导下，为建设统一富强的新中国而奋斗。

他在大会上信心百倍地预言，中国新民主主义革命的最后胜利已经为期不远了！

无城解放后，日伪无为县政府县长胡振纲带着一些“官长”追随日军逃往芜湖。大批下级人员和士兵被新四军俘虏了，这些人员中，大多是被日寇抓去强迫为其服务的，但也有出卖灵魂、认贼作父、为日寇效劳的汉奸。

大批伪军和日伪政府人员被押至恍城山区，民主政府一方面令其交代罪行，一方面进行政策教育。

有天下午，吕惠生从驻地小俞村前往县政府路过这里，大批伪职人员正在房外场基上休息。有人见负责看管他们的我方人员很尊敬地与吕惠生打招呼，好奇地问是这个穿着朴素的人是谁。我方人员自豪地说："他是我们行署的吕主任。"

得知眼前的人竟是皖江行署主任吕惠生时，不少伪职人员上前打招呼，说着感谢民主政府的话。吕惠生告诉他们，这是抗日民主政府给他们的一次重生的机会，敦促他们今后一定要弃恶从善，安分守己，做个堂堂正正的中国人，以求得人民的谅解。

抗战胜利后，皖江解放区已经发展到地跨八百里长江两侧三十余县，人口达三百多万。恍城山区是七师师部、皖江行署和无为县政府所在地，在这最紧张忙碌的日子里，民主政府对批被俘的伪职人员实行宽大处理，关押、教育几天后就释放他们回家了。

被释放的人员大多记住了吕惠生的话，弃恶从善，安分守己，自食其力。但也有少数顽固分子释放后又去投奔逃往芜湖的胡振纲。

这为吕惠生日后遇难埋下了祸根。

抗战胜利前后，由于形势发展很快，吕惠生的工作更加繁重，几乎是在夜以继日地工作。夫人沈自芳多次劝他注意休息，说再这么下去，身体就跨掉了。他总是说，党把放在我这个岗位上，是对我的充分信任，自芳哪，形势容不得我有丝毫懈怠，只要身体不倒，我便奋斗不止。

日积月累的忙碌，使吕惠生时发头疾，但稍作休息就又投入工作。抗日胜利前，组织决定调他去延安参加学习并医治头疼。得到这信息，他一连几天兴奋得彻夜难眠。不是因为他的头疾可以得到好的治疗，而是出于对居住在延安圣地的毛主席和其他一些中央领导人的崇敬，他做梦都向往着能有一天去亲聆他们的教诲。但战争形势瞬息变化，抗日胜利指日可待，他又感到在这关键的时候不能离开岗位。后来组织上也因他难以脱身，推迟了赴延安的行程计划。没想到这一变化却成了他终生无法弥补的憾事。

虽然头疾时常发作，但胜利的喜悦给他增添了无比的激情和力量。他不知疲倦地处理战后各项复杂的行政事务，调查研究战后新老解放区的建设发展，频繁地与县、区干部谈话，赴基层给群众做报告，审阅大量的文件、汇报材料。

有一次钱光胜来行署汇报无城重建工作，在说到教育时提到了无为中学。那次他与吕惠生随部队进入无城，就曾跟着吕惠生去过无为中学。但学校早已不在。对于无为中学，吕惠生心中有着复杂难舍的情结，他曾在当年共产党组织的“择师运动”中担任过校长，古夫子庙州学遗址上的教学楼和新校舍，就是他筹集资金修建的。1939 年，新校舍被日军炸毁，翌年无为县城沦陷前，无为中学流亡到开城桥附近的四维小学上课，后又迁移到黄姑闸、鹤毛河、田埠苏以及庐江的黄泥岗、砖桥、刘家墩等地。

钱光胜汇报说：“我们已与无为中学党的地下组织联系过，但学校流亡在国民党占领区，何时能够回迁无城无法确定。”

无城作为全县的政治文化中心，唯一的一所中学却流亡在外。吕惠生不无忧虑地说：“无城被新四军收复，国民党怎么会轻易把学校交到我们手上呢？”

钱光胜说：“那怎么办？要不要重建？”

吕惠生仍然充满期待：“办一所中学不容易，要有校舍，还要有教职员工，再等等吧，过段时间视情而定。”

钱光胜沮丧地说：“哎，无城无教育。”

吕惠生笑着说：“谁说无城无教育了？告诉你一个好消息，经区党委、行署研究，皖江联立中学准备搬进无城，借住在无为中学和鞍子巷女子小学。钱区长，联中借住这事你得落实好。联中进入无城后，就开始招收新生。”

钱光胜高兴起来：“太好了，我马上就去无中、女小安排落实。”

望着钱光胜高兴的样子，吕惠生心中又生隐痛。又何止是一所中学？日本投降后，国民党军队就蠢蠢欲动了，大举进犯解放区的意图已初见端倪。

遭受日寇蹂躏的民众再也经不起战火了，他多么希望国共携手共建家园呀。

但皖江联立中学搬进无城不久，根据地就接到党中央指示："七师部队率领皖江地区党政军机关干部，迅速北移苏北淮阴地区。"

这就意味着，不仅要撤出刚刚收复的包括无城在内的四十多处敌占区，还要撤出在抗战中逐步发展巩固起来的皖江根据地。

接到党中央同样指示的还有全国其他七个解放区。这是以毛泽东为首的中共代表团在重庆和国民党谈判中，为争取和平民主，使灾难沉重的中国人民不致重罹战祸而作出的重大让步。

接到命令后，吕惠生彻夜难眠。

他深知党中央的决策是深思熟虑的，无论政治上还是军事上都有着深远的现实意义。从政治上看，日本投降后国民党就宣传中共恃武力向中央要地盘，党中央主动让出八个根据地，不仅使这一谣言不攻自破，还揭露了蒋介石企图发动内战的真面目。从军事上看，主动撤出八个解放区，也是保存军事实力的需要。包括皖江在内的八个解放区，大多是地处交通要道但又相对孤立的地区，与同一地区的国民党军队相比，其实力悬殊，一旦内战爆发，极易被国民党军队各个击破。

但是，突然间就要撤出用鲜血和生命换来的解放区，就要离开朝夕相处的根据地广大民众，就要丢下那些长眠在地下的革命先烈，他又是多么地眷念。

撤出解放区是痛苦的，但吕惠生考虑更多的还是如何组织安全北撤。

进入 9 月，七师、行署开始有条不紊地展开了北撤工作——

根据地的物资丰富，行署通过"集成行"等对外贸易机构，把所有可以出口的物资全部变卖，换成法币存入敌占区银行或钱庄里；大江银行金库里的银元、金条、金块、金银首饰等贵重物品，组织力量编号登记，缝在夹层被芯里，然后分发给排以上干部、警卫员穿在身上，北撤到达目的地后再依号上缴；组织调集大量拖轮、木船队，将大江银行、印钞厂、兵工厂、《大江报》等单位的机器、物资及部分地方人员转移到六合，然后再由陆路到苏皖边区政府所在地苏北淮阴。

北撤共组织六批，没有一批发生意外事故，无一伤亡和财产损失。

皖江区党委、行署没有忘记根据地的广大民众，在制定北撤方案时就充分考虑民众可能因此遭受的损失，其中最让吕惠生放心不下的就是民众手中的大江币。一旦北撤完毕，皖江地区必然为国民党统治，到那时民众手中的大江币就不能使用了。

所以必须在北撤结束前从民众手上收回大江币。

区党委书记、七师政委曾希圣十分关心这项工作，多次指示要积极稳妥地回收大江币。按照曾希圣政委的指示，吕惠生组织协调行署的财经处、大江银行、贸易总局，通过出售根据地全部公家物资和公粮，回收民众手中的大江币。除军用物资、主要机械设备随军北撤转移，其他全部物品都标价拍卖出售。在一个多月的时间里，大江币源源不断地回收了，到最后一批部队北撤时，市场上已无大江币流通。

回收的大江币全部集中到牌楼、李桥、石洞埠等地。在七师、行署派员监督下，一捆一捆的大江币堆在指定地点，浇上火油后当众烧毁。

大江币在大火中完成了历史使命。

吕惠生也病倒了。

第十五章 为革命流尽最后一滴血

吕惠生因病不便随军活动，组织上决定他由长江水路秘密北撤。

这天，载着二十多人的几辆马车行走在恍城通往汤沟姚王庙渡口的官道上。马车上的人就是北撤的吕惠生和他的家人，以及警卫员、医务人员和部分新四军伤病员。

为预防途中不测，组织上作了周密安排。吕惠生北撤的日期，只有皖江区党委、行署少数几个领导知道。吕惠生也化名余四海，除警卫员大老赵、医护人员，其他随行人员都不知道，以为他就是随船去南京治病的余先生。

傍晚时分，几辆马车来到姚王庙渡口。正当大家下车准备登船启程，远处奔来一辆马车，警卫员大老赵眼尖，指着马车上的人小声对吕惠生说："小老赵赶来了。"

马车来到跟前，百姓打扮的警卫员小老赵跳下车，走到拥被坐在行李箱上的吕惠生跟前，擦着额头的细汗笑着说："吕主任，到底赶上你了。"

吕惠生瞥眼周围，站起来把小老赵拽到一边问："你不是生病了吗？"

小老赵说："这些天大家都忙北撤，我惦记着吕主任，上午从医院出来赶到行署，问了好多人都说你病了，没来上班。可找到吕主任家，门上挂了锁，扒窗户一看，书房里连一本书都没有了。嘿嘿，我就去行署找了魏主任。"

小老赵说的魏主任，是去年张恺帆调皖南后上级从华中调到皖江的。他是湖北人，叫魏文伯，与张恺帆一样也是老资格的共产党人。参加过著名的八一南昌起义，担任过中共北平市委秘书长以及陕西、湖北等地县委书记、中心县委书记。1940 年 1 月，进入华中抗日根据地，出任华中第一个抗日民主政府——安徽定远县的第一任县长。

吕惠生提前北撤，行署善后工作由魏文伯负责。吕惠生说："你小老赵鬼精，魏主任哪吃得住你缠的？"

小老赵嘿嘿笑道："魏主任说我大病初愈，叫我跟医院一起北撤，路上好有照应。我说这几年一直跟着吕主任的，北撤要走好多天，不知会遇到什么情况，这时候不跟着，我一辈子心里都会不安的。魏主任打量我一番，才同意我跟来的。"

吕惠生说："魏主任交待了吧，我们现在的身份是普通百姓。"

小老赵说："交待了，这次跟吕主任北撤是秘密行动。"

吕惠生说："可能一时改不了口，记住，我叫余四海，你喊我余先生、余三爷都行。"

小老赵冲大老赵伸了下舌头："差点忘了，余三爷！"

大老赵指指小老赵，扶着吕惠生又坐在了行李箱上。

不一会儿，负责联络船只的同志回来了。他把大家带上渡口，分别登上两只木船。这两只木船是行署专门安排的，船老大都是共产党员。

登上木船时，吕惠生伫立江边，远眺大江南北，久久没有言语。

听着脚下江水拍打江堤的哗哗声，望着对岸隐隐起伏的重峦叠嶂和身后无垠的良田沃野，吕惠生不禁长叹：鏖战八载，牺牲无数，如今硝烟刚息，谁知战火又起。

都登上船了，沈自芳催他。他难舍难分地回头望着这片土地，深情地喃喃自语："皖江的父乡亲，无须多日，我们就会回来！"

登上木船，他不顾身体虚弱，拥被站在船舷边，久久凝视着渐渐远去的江岸。

谁又能想到，这竟是与故土的永别。

两只北撤木船一路往东，第三天中午行至东西梁山附近的江面时，下游迎面驶来一艘伪军轮船。

轮船上的伪军是日汪伪无为县长、伪军团长胡振纲的部下——伪自卫大队的一个小队。无城的日军投降后，伪自卫大队跟着胡振纲随日军撤至芜湖。在等待国民党军队受降的这些日子里，伪军大队长夏足三常借维护地方秩序为名，拦截过往船只抢劫财物。今天他和副官王一富率一小队伪军已在江面游荡了一个上午，搜刮来的财物堆满了轮船。

他们先是拦截了前面的那只木船，王一富领着几个伪军上去后，轮船又冲后面吕惠生乘坐的这只木船驶来。船老大急忙转舵，但已无法躲避了。大老赵、小老赵四目相视，同时掏出腰间的手枪。

船老大说："这些伪军肯定要搜身，枪不能带在身上。"

大老赵、小老赵犹豫地望向吕惠生。吕惠生轻轻点头，示意他俩不要轻举妄动。船老大接过手枪，赶紧跑到后面把枪藏进了夹舱。

轮船靠近木船停下，夏足三带着十几名伪军跳上来。船老大走到夏足三跟前，递上一支烟："老总辛苦，我这船运的都是大米，正经生意。"

夏足三眯着眼睛问："没有违禁品？"

船老大摇头说："没有，没有，哪个敢私自夹带违禁品？找死的呀？"

夏足三挥手说："兄弟们，搜——"

船老大掏出一叠法币，塞到夏足三手上说："老总，我在江上贩运大米十几年了，过去巡江的老总不少我都熟悉。"

夏足三乜眼船老大，慢慢收起法币说："贩大米的船上，怎么会有这么多的人？他们是干什么的？"

船老大笑着说："不是想多赚点钱嘛，他们都是去下江的，我就顺道捎带上了。"

伪军逐个搜完身，又把行李翻了个遍，也没找到什么值钱的东西。夏足三心有不甘，就对伪军小队长说："这只船上这么多人，我就不信都是穷光蛋，你带弟兄们到船舱里搜一搜，仔细一点。我去那只船上看看情况。"

夏足三交待完，跳上小火轮就去了前面那只船。

不一会儿，小火轮押着那只木船回来了。吕惠生微微皱起眉头，前面那只船一定出事了。夏足三、王一富登上木船，小队长报告说："大队长，我们又搜了一遍，还是没搜出什么东西。"

夏足三问："船上有没有夹舱？"

小队长愣道："夹舱？"

夏足三说："王副官，你带他们再搜一遍。"

王一富带着伪军又进了船舱。船老大走到夏三跟前说："老总，时间不早了，我还急着赶路呢。"

"你的船上真没有违禁品？"

"不是刚搜过吗？全是大米。"

“夹舱里藏没藏东西？”

“夹舱？”船老大心悬了起来。

夏足三指着被扣押的那只船，得意地说：“我们在那只船的夹舱里搜到了子弹，还搜到了新四军的一个长官，你的船上不会也有吧？”

船老大心知不好，眼睛望向吕惠生他们。

吕惠生轻声叮嘱身边的大老赵、小老赵：“沉住气，情况再糟糕，我们也不要轻易暴露身份。”

不一会儿，藏在夹舱里的两把手枪被伪军搜出来了。

夏足三如获至宝，把木船上的人全部押上了小火轮，指着搜出来的两把手枪，恶狠狠地问：“枪是谁的？”

没有人吭声。

夏足三突然拔出手枪指向了一名穿便装的战士：“老子可是个急性子，再不说，就不要怪我不客气了。”

气氛霎时紧张起来。

小老赵这时站出来了，故作害怕地说：“长官，这枪是我的。”

夏足三打量着小老赵，阴沉地问：“你是干什么的，哪来的枪？”

“我是逃兵，搞了两把手枪准备去下江卖掉，做点小买卖。”

“你是哪个部队的？”

“桂军一七六师五二八团。”

“广西过来的？讲话怎么本地口音？”夏足三狞笑着说，“你是新四军吧？”

小老赵说：“新四军？我要是新四军才不当逃兵呢，我们部队不少兵都是桂军过来后抓的差，现在日本鬼子投降了，听说中央军来了他们就要撤走，我不想去广西，这才当的逃兵。”

夏足三说：“还挺会编的嘛，我问你，这只船上有认识的吗？”

小老赵摇头：“我是搭船的，不认识。”

夏足三见问不出什么，冲部下挥手说：“弟兄们，给他一点颜色！打——”

话音刚落，四五支枪托就砸向小老赵。小老赵倒在船板上不停地翻滚，嘴里委屈地说着："老总，老总，我枪不要了，枪不要了！"

一个伪军端着三八大盖刺向小老赵腹部，顿时小老赵肠子外露，船板上淌满了鲜血。

日本鬼子已经投降了，伪军还如此嚣张。吕惠生按捺不住了，不是大老赵死死拽住，他早就挤出人群，去阻拦伪军的恶劣行径了。

疼得在船板打滚的小老赵，看见吕惠生张口欲说的样子，一声接着一声地喊叫："你们就是把我打死，我也不是新四军哇！"

喊叫声渐小，夏足三这才让那几个伪军停下手来，开始对其他人逐个盘问。事先大家都编好了说辞，没有露出什么破绽。但夏足三并未放行，命令轮船将两只木船一起拖往芜湖打鼓山驻地。

大家把昏迷的小老赵抬到舱中，医务人员刚要包扎伤口，被吕惠生拽到一边，小声说："你不能动手包扎，你一动手就暴露了你医务人员的身份。"

吕惠生对大家说："这个小伙子伤成这样，我去找他们派人过来包扎。"

大老赵不好明着阻拦，忍不住地说："余老板，他们那么凶，你又生病，要去也不能你去呀。"

吕惠生说："我跟伪军打过交道，也不都是心狠手辣的，刚才拷打这个小伙子，只有四五个伪军动手，其他的都站在一边，有的还低头不忍看。"

敲开舱门，吕惠生对看守的伪军说："老总，刚才你们把人打成那样，肠子都出来了，再不包扎怕就不行了，行行好，哪个老总会包扎的，就给他包扎一下吧。"

这个伪军伸脖子往里看了眼，同情地说："他们几个下手是狠了一点，我会包扎，不过我得去跟大队长汇报。"

吕惠生说："我跟你一起去，我跟你们大队长说。"

吕惠生跟着这个伪军来到前舱门口。夏足三正与王一富在舱内喝酒，听说有人找他，不高兴地说：“没见我跟王副官喝酒吗？ 不见。”

王一富问：“说没说什么事情要见大队长？”

这个伪军说：“刚才被我们捅破肚子的那个人血流不止，他想请大队长派人包扎一下。”

夏足三笑了起来：“让我派人包扎？ 王副官，你说他是不是找死呀？ 不见。”

王一富说：“大队长，见一下也好，说不定还能套出话来。”

夏足三收住笑，想想说：“好吧，你带他进来。”

吕惠生进了前舱，对夏足三说：“大队长，刚才那个年轻人再不包扎，就要死了，大家推我来请大队长，能不能派人包扎一下。”

夏足三说：“你这不是狗拿耗子吗？ 死了就掷江里喂鱼。”

吕惠生说：“大队长，日本鬼子都投降了，你们还这样草菅人命，这么多人都看在眼里，就不怕日后有人告你们？”

夏足三怔道：“你，你是什么人？”

吕惠生听出夏足三有点心虚，笑着说：“大队长刚才不是问过了？我叫余四海，做粮食生意的。 我来找你派人包扎，其实也是为你好，你想想，你的部下把人打成重伤，这么多人都看见了，你想封嘴都封不了，不如做个好人，派人过去包扎一下，日后也有个交待。”

夏足三说：“我们已经有家难回了，还有什么交待不交待的！”

吕惠生说：“谁说有家难回了？ 我跟桂军、新四军，还有你们伪军都打过交道，前一阵子，听说被新四军俘虏的伪军都释放了。”

打鼓山的伪军就有释放的俘虏，夏足三低头不吭声了。

望着吕惠生头上缠的毛巾，王一富接过话来说：“余老板，你不是去南京治头痛病的吗？ 没带医生？ 还用得着找我们？”

吕惠生笑了：“老总真会开玩笑，我一个小商人，可舍不得花钱雇医生。”

王一富问：“你们船上就没有会包扎的人？”

吕惠生说：“刚才问了，没有，要不大家也不会让我来找你们的。”

王一富与夏足三相互看了一眼，夏足三就挥挥手，同意派人去给小老赵包扎了。

船到打鼓山伪军驻地，被扣人员集中关在几间屋子里，这时吕惠生才知道夏足三为什么不放过他们。原来前面那只船上的七师独立旅参谋王惠川夫妇，被伪军从行李中搜到了一张身穿新四军军服的照片。

日本投降后，新四军是抗日武装，按理日伪应该礼遇新四军。但伪县长胡振纲不这么想，这几年桂顽与新四军时常交火，他心里再明白不过了，国民党与共产党怎么可能共同执掌政权？他带着伪军武装跟着日本人退守到芜湖境内，在等待中央军受降的这些日子里，他让伪军驻进打鼓山，自己跑到芜湖城里，到处找关系为投靠国民党军队做准备。临走时再三叮嘱大队长夏足三，只要遇上新四军、抗日根据地的干部，一律扣押，留着作为国军收编时的筹码。

夏足三搜到了手枪和子弹，更重要的是发现了七师独立旅参谋王惠川。他估计两只船上一定还有新四军和根据地的干部，到了打鼓山驻地后，便一刻也不停留地开始了审讯。但除了王惠川的身份已经暴露外，审了一遍又一遍也没有审出新内容。夏足三没兴趣了，却仍不放人，企图从扣押的人身上敲诈钱财。

夏足三又巡江发财去了，审讯的任务交给了书记官雍镜。

雍镜知道审不出什么，却还要按命令逐一审讯。审得烦了，他就让伪军小头目们轮留审。一天，提审吕惠生的两个伪军曾是新四军俘虏，没说几句，就认出了吕惠生。他俩报告给雍镜。雍镜大惊，亲自提审吕惠生。吕惠生捂着缠着毛巾的头，只说自己是余四海，不认识什么吕惠生。雍镜不敢用刑，又确认不了，便审讯、拷打船上的其他同志。

吕惠生感到二十多人的生命安全已受威胁，觉得现在日军已投降多日，伪军总不能胡作非为了，就主动叫看管他的伪军把书记官雍镜找来，愤怒地说："书记官，你们不要再逞凶作恶了，我就是皖江行署吕惠生，叫你们的头子胡振纲来见我。"

雍镜大喜，马上跑到芜湖城去向胡振纲报告。胡振纲本来犹如丧家之犬，虽找了各种关系，仍心神不宁、惶惶不可终日，忽听雍镜报告，说扣押了皖江行署主任吕惠生，感到向国民党新主子们邀功请赏、升官发财的良机到了。

胡振纲兴奋异常，急匆匆从芜湖城赶到打鼓山。

一到打鼓山，胡振纲就宴请吕惠生。酒桌上，胡振纲劝吕惠生和他一道投靠国民党。吕惠生说："抗战八年，日寇终于投降了，国共将携手建设家园，何来投靠之说？倒是你们这些投靠日本人的汉奸，应该好好反省，多做将功赎罪的事情，怎么还能做出扣押殴打抗日有功之臣？"

胡振纲说："吕主任有所不知，我的部下扣下你们，也是为你们着想。现在中央军马上就到芜湖，你我一起投奔国民党，不比跟着共产党背井离乡撤往苏北强？"

吕惠生笑道："胡团长，我何去何从不劳你汉奸费神，我倒是要劝你，赶紧释放所有被你们扣押的人员，如果继续不思悔改，将来一定逃脱不了人民的惩罚。"

酒还未喝，气氛就如此尴尬。胡振纲理无言以对，闷头喝了几杯酒，就称身体不适，提前离席，让副官王一富陪吕惠生。

胡振纲不甘心，又找吕惠生的同乡做说客进行诱降，结果亦遭吕惠生严辞拒绝。吕对充当说客的同乡说："洪承畴降清只是一念之差，我虽陷于不幸，但决不做洪承畴！"

自此以后，胡振纲又把吕惠生多次秘密转移，每地只住几天，唯恐外界知道。后来胡振纲怕出意外，将吕惠生干脆转移到芜湖市区，秘密关押在四明路刘公馆内。

10月中旬的一天，芜湖市锣鼓声、爆竹声响成一片，这是市民们在欢庆抗战胜利和“双十协定”的签定，他们对建设一个和平民主的国家寄托着希望。但他们哪里知道，真正的抗日功臣吕惠生和他的战友们却身陷囹圄，正被囚禁在这个城市中！

此时，胡振纲的伪军还未被正式收编。胡振纲对吕惠生采取消息封锁，单独关押在一间屋子里，没有书报看，也不准走出房间一步。吕惠生虽对外界情况一无所知，但传来的锣鼓声、爆竹声告诉他，这是一种欢庆的征兆，他问负责看管的王一富：“外面是庆祝抗战胜利？”

王地富点头：“是的，现在和平了。”

吕惠生说：“和平了为什么还把我关在这里？你们是不是已经投靠了国民党？”

王一富说：“胡团长正跟国军谈收编，吕先生，凭你这样的本事和大学问，为什么偏要跟共产党干，当新四军呢？在国民党里干，不也能当大官、多拿钱吗？”

吕惠生鄙夷地望着王一富，说：“我们共产党不是当官做老爷的，是为民众利益服务的，我全部的家当你们也看到了，就是那几身衣服。”

王一富惭愧地点头说：“吕先生，你这么大的官没有一点私人财物，难怪老百姓欢迎你们。”

国民党军队进驻芜湖后，胡振纲率部移驻郊区窑头镇，准备接受改编。吕惠生和扣押人员也被押解到窑头镇伪军驻地。此时的胡振纲忙于寻找新主子靠山，一时放松了对扣押人员的看管。这时吕惠生才知道党组织正在组织营救他。

胡振纲虽然一直封锁消息，但吕惠生被他扣押的消息民间早有传闻。9月底，皖江区委的刘方鼎、任惠群两位领导北撤途经芜湖进步人士胡益鑫家时，听胡益鑫的父亲说吕惠生被胡振纲秘密扣押在芜湖，大吃一惊，立即写了报告派人送往苏北，要求留在芜湖，运用各方面力量营救吕惠生。

胡益鑫在芜湖市开过营造厂，早年曾与吕惠生有过交往，他出于对吕惠生的敬仰，动员其妻卖掉金银首饰，筹措款项，并利用其工商界人士的身份，协助刘、任两人进行营救活动。

不久，去苏北送信人返回芜湖，传达皖江区党委书记、新四军七师政委曾希圣关于营救吕惠生的指示。曾希圣要求不惜一切代价营救吕惠生，并说上级又委派已北撤到山东的民主人士王试之等人专程南下，增加营救力量，并汇给营救吕惠生的专门活动经费。同时，曾希圣还通过上海中共秘密组织的关系，在芜湖进行多渠道的营救活动。

在各方努力下，胡振纲迫于压力，除吕惠生和王惠川外，其他所有扣押人员，都先后获释了。

形势向着有利营救方向进行。一天，胡益鑫来看吕惠生，告诉他根据地的北撤工作已经结束，并把1945年10月3日出版的《大江报》递给吕惠生说："吕主任，这是最后一期《大江报》，上面全文刊载了《新四军告别皖江民众书》(附录10)。"

吕惠生很久没看到《大江报》，现在看到了，却又是最后的绝版。默默地看完了《新四军告别皖江民众书》，他泪流满面。

临别时，胡益鑫悄悄地告诉吕惠生，组织上已经做好了近期营救他和王惠川的准备工作，不久他就能前往苏北解放区。

移驻窑头镇多日了，却没有收编的确切消息，为了赶紧摘掉汉奸帽子，胡振纲就像热锅上的蚂蚁，四处奔波找关系。士兵及下层军官也为前途莫测而忧心忡忡，他们知道吕惠生是皖江地区共产党的大人物，常在晚间悄悄地找吕惠生聊天。吕惠生觉得这是宣传共产党政策的好机会，每次都耐心地讲述根据地的和平、民主政策，阐述战后全国的形势。伪军多是本地人，听了吕惠生的话，都向往解放区的生活，不少胡振纲的心腹也有所动心。

有天副官王一富来到吕惠生的房间，殷勤说："吕先生，我们胡团长想宴请您。”

吕惠生说：“日本鬼子投降多日了，胡振纲还扣着我不放，你去告诉他，这个饭我吕某是不会吃的。”

过了一天，王一富又来到吕惠生房间，再次提出胡振纲的宴请。遭到吕惠生拒绝后，王一富不得不说：“吕先生，我们胡团长有要事相告，请您一定给这个面子。”

吕惠生笑了起来：“他胡振纲还有什么要事？他唯一能做的是立即放人，否则他就等着接受人民的审判吧。”

王一富瞥眼门外，小声对吕惠生说：“吕先生息怒，我们胡团长就是想跟您商量接受新四军改编的事情。”

吕惠生心里一怔，胡振纲的伪军接受新四军改编，岂不是一件好事。想到这，他就对王一富说：“王副官，这饭我可以去吃，不过，请你告诉胡振纲，不要耍小聪明，脚踏两只船。”

当天晚上，胡振纲在镇上摆了一桌。席间，胡振纲提出要与吕惠生一道去苏北接受新四军的改编，但担心难以容纳，想请吕惠生从中斡旋。吕惠生详细解释了共产党、新四军的一贯政策，指出他如果真心弃恶从善，可以保证既往不咎，给予他自新之路。

第二天，正逢胡益鑫陪沈自芳去窑头镇探监，吕惠生即将这一最新情况告诉了胡益鑫，请他马上转告外面的同志再做胡振纲的工作。

胡益鑫也告诉吕惠生，组织上已经做好了营救他的准备。但吕惠生认为胡振纲已有心投诚，此时组织上不宜继续开展营救工作。他请胡益鑫转告负责营救工作的刘方鼎，他要留下来继续做胡振纲工作，争取既可获释，又得人得枪。胡益鑫不放心，说现在是伪军最涣散、警戒最松的时候，是营救工作的最佳时机，一旦胡振纲再有变化，再组织营救就很难了。吕惠生说，只要有一点可能，他就要做好争取胡振纲的工作。

不幸被胡益鑫言中。胡振纲找吕惠生提出想投奔新四军，其实是因为在接受改编的过程中，他迟迟没有得到新主子的赏识，希图留个后路而已。时隔不久，胡振纲通过重金贿赂的手段，他的伪军部队便被改编为国民党的江苏省保安团，移驻南京市江宁镇郊外。这时，他的反动本性、凶恶嘴脸便又暴露出来了。

吕惠生又被严加看管起来，有时连沈自芳探监也不让见面。在精神和肉体的折磨下，吕惠生身体日渐虚弱，但他的意志却愈加坚定。他在托人带给胡益鑫先生的信中写道："我事不日定可解决，也不会连累别人的。"表现了视死如归的气概和坚贞不屈的革命立场。有一天，胡益鑫前往探望，吕惠生正在牢房门口痛斥胡振纲一伙厚颜无耻、祸国殃民的罪行，上前小声劝道："吕主任，你尚在虎口之中，千万别发脾气。"吕惠生大声说道："我早已将生死置之度外，有何畏惧！"

11 月 5 日，胡振纲为了在新主子面前求得赏赐，将吕惠生和王惠川移交到了他的上司手里。他讨好地对上司说："这个吕惠生，可是新四军的大头子呢。"

为使吕惠生变节，敌人采取多种手段利诱，都被骂得狗血淋头。软的不行，敌人又严刑拷打，但吕惠生始终毫无惧色、宁死不屈。连续几天，敌人心劳力拙，无计可施了，就停止了审讯。吕惠生清楚，自己的日子不多了，在狱中写下一首《狱中诗》：

忍看山河碎？愿将赤血流。
烟尘开敌后，扰攘展民猷。
八载坚心志，忠贞为国酬。
且喜天破晓，竟死我何求！

11 月 13 日夜晚，天上乌云密布，敌人在吕惠生身上榨不出任何有用的东西，决定秘密杀害。与吕惠生一同赴刑场的还有七师独立旅参谋王惠川，在夜色的笼罩下，他俩被秘密押到江宁镇六浪桥畔一个偏僻的山角。

敌人问道："你们今天就要死了，感到遗憾吗？"

吕惠生答："为革命而死，为真理为死，是最大的光荣，绝无遗憾！"

敌人又问："抗战胜利了，你们却看不到了，真的没有一点遗憾？"

吕惠生答："遗憾的是坚持敌后抗战八年，有很多宝贵经验没有来得及总结，有很多文章没有写成。"

敌人从吕惠生身上没捞到一根稻草。

临刑时，吕惠生携手王惠川奋力高呼：

"和平民主万岁！"

"中国共产党万岁！"

口号声划破了宁静的夜空，久久地回荡在天地之间。

附录1

根据地财经问题研究

一、贸易金融之特点

贸易金融工作基本特点为，就是与敌人争夺物质与纸币发行权。今天是敌人占领城市，我占领农村，敌需要我农村物资，我需要敌城市物资，两非需要不可，但两都不愿给，就在这种矛盾与一定情形之下，进行贸易斗争。

至于金融方面，同样是敌不用我之纸币，我不用敌之纸币，但纸币是购买物资之工具，正因双方购买物资，必须一种纸币来代替，要解决这个问题，主要的斗争还是贸易工作。因为贸易工作是控制物资和争取物资的，这是坚持敌后战争胜利主要条件之一。如果把贸易工作认为单纯的盈利的财政观点，解决财政一部分支付，这是错误的。

我们的物资，以自己需要为主。自己需要而有余之物品，应去换取敌人物品供自己必须之用。为了供给我解放区物资，而用多余的去争取敌人战争工业品进来，不仅要控制我们物资，还要更进一步发展群众生产运动，增加解放区物资。如果仅仅控制物资，而没有多余的物品，也不能换取敌人之战争工业品。如果仅有物资剩余，而不能进行贸易管理，则多使物资就其自满，亦不能换取敌之战争工业品。贸易管理与群众生产运动是互相关联的。

国民党贸易统治与我不同，他是为了大地主、大资产阶级超额利润，利用战争名义实行统治以饱私囊，并不以限制发行纸币弥补财政赤字，而以发国难财为目的。

同时我们贸易金融斗争，也不同于陕甘宁边区。在那里，今天的群众生产及机关公营生产运动已有很大的规模，自给自足经济基础已经建立，贸易工作主要是为了集中组织与调济生产、消费之间的关系。虽然在一定程度上仍须对国民党的封锁破坏作斗争，但必须服从于组织与调济的方针。而金融政策则以调济金融、帮助生产为其主要的任务，虽然也要与国民党破坏边币的特务活动作斗争，但也要服从于调济市场与帮助生产的。他主要是对内，也对外，但对外是服从对内的。

我们过去贸易机关，多半是为了赚钱或采购物资，把它单纯化起来。但怎样争取敌人物资与根据地经济的联系，这一观点是很缺乏的。另一种观点，过早强调对内调济市场，只顾给群众，而忽视为军队为战争的观点。这两种偏向，以第一种为最普遍。

二、贸易金融工作历史

1. 贸易工作历史，由一九四二年开始。从前争取物资是由货检处来做，当时货检处多半是起保护关税作用，禁止粮食、牛出口。但群众粮食登场是要卖的，而且向高价地方去卖。当时群众未组织起来，只是我们货检处采取行政办法，武装缉私，禁止出口，利用各种人，提奖百分之三十，鼓励打资敌。这一方法在群众未组织起来时是可以采取的，这一方法当时与群众现实利益是对立的，以后游击区就采取粮食登记办法，使边区人民到内地购粮食吃，这是第一步。

第二步是在建立下层政权机构与组织以后，进行登记各乡粮食出口，粮食流能；乡到乡，区到区，县到县，均作证明书，这一办法比较具体。同时武装缉私队以积极的办法袭击边区敌人，夺取粮食，也取得了一定效果。

第三步，在根据地减租以后，农民粮食够吃了，而人民粮食有多余的，就须准他卖。从前是缺粮，不够供给，就需禁止。但后来粮食出口，敌人就把粮价压低了，我们采取办法，事先把群众组织好，将出口粮食登记起来，在几天内以突击的办法，在粮价高的地方出口，到粮价低了时，又禁止出口。因为粮食关系群众最广泛，我们采取的斗争方式也是最复杂的。

2. 保护关税基本政策是：关于军用品与农业生产品禁止出口，如硝土等。必须有多余的然后才准其出口，鼓励工业品、必须品进口，但有许多消耗品限制其进口。具体表现于化检税率表上面，有的低税进口中，有的高税进口，多余的推销出口，主要看具体物品而规定税率，高税率一般百分之三十五以上，中税率百分之十七以上，低税率百分之五以上。同时税率看情形而转化，例如鼓励土布要刺激纺织业，进口布匹税就要提高，为了适当刺激手工业发展，就须禁止粮食出口，只准备油出口，结果香烟走私很厉害，许多地区就碰了好多钉子。

附录 2

在皖中大江银行开幕典礼上的讲话(提纲)

一、抗日民主政府的一贯经济政策

1. 认识经济战在抗日战争中的重要地位。

2. 认识确定军民兼顾的经济政策。

3. 第一步，从减少支出来改善民生。第二步，从增加收入来丰裕民生。两步均已得到大成绩，现今是正走第三步，是如何掌握金融，调济经济。

二、大江银行的必要

1. 敌伪币之残酷危害性。

2. 法币的现状（紊乱无限之极）。

3. 根据地国民经济的危险性。

4. 大江银行必须成立。

三、大江银行的任务和目的

1. 它是执行对敌伪经济斗争具体机关，边币是武器。

2. 它是边币的支持护卫者。

3. 它是根据地军政民全体的保护者。

4. 它的目的不仅是财政的，而且更是斗争的一种，求得整个抗战胜利。

四、边币的法律地位或基础

一个独立行政地区，本来有发行其地方通用券的权利，况在民国二十七年，国民党中央也有过通令，一面把各大银行的货币当作法币，一面普遍允许地方发行经济筹码，以应战时之需。现值法币没有了价值，则我们边币之发行，不仅有其事实上必要，且充分有其合法之地位与基础。

五、边币与法币的支付比率

1. 战前与现时物价及币值之比率，法币跌约 2400 倍。

2. 筹码太多与比率相等之不便利。

3. 1与30之比的现在适当性。

六、边币之保证

1. 战前一般银行发行额与基金之比率，最大者为2与1。

2. 同在各银行之比率，差不多皆是一放无收欺骗老百姓的东西，故几无信用可言。可言者，人民的真诚的爱国心而已。

3. 我们边币，则全不如此。它是十足的被保证着，它有政府整个收入作保证，凡政府机关及一切税收处所，皆是兑换处。它将因种种关系（防伪造等）三、五个月收回一次兑换新币。所以它有绝对的信用。

七、代表政府给予的希望

1. 大江行及其边币，是我们经济的新军，它执行对敌伪斗争、对法币支持维护，对根据地整个经济保护与发展的重大任务，希望它必然完成之。

2. 各界人士，必须彻底认清大江行及其边币的目的、作用与效果，亲切地爱护它，它将与全地区的国民经济紧密的结合起来，造成巩固幸福胜利的新基础。

附录 3

在黄丝滩退建工程动员大会上的讲话(提纲)

甲、目前形势

一、 世界大战

二、 欧洲战场

1. 意大利近况与美英参战

2. 德国近况与苏联战争

3. 欧洲各小国近况与苏英美关系

4. 法西斯必败及速败前途

三、 东方战场

1. 东方战场将来之形势

2. 日本与英美在太平洋上的近况

3. 中国的配合与反应

4. 日本必败与速败之前途

四、 中日战争

1. 日本对中国进攻的以往、现在及将来的攻势

2. 中国内部三条战线之形成与实质

3. 中国分裂内战之可能及其来源

4. 分裂内战之克服

5. 最后胜利必属于我

6. 胜利的条件

五、 中国前途

1. 民族独立

2. 民权自由

3. 民生幸福

4. 永久的和平与幸福（解放）

六、皖中抗日民主根据地的近况

1. 总的认识——抗建之实践

2. 我们的政策及政绩之检讨

3. 我们的遭遇及困难克服

4. 我们的冬季工作

5. 我们能否坚持这一根据

乙、关于此次水利会议

一、会议之来源与筹备经过

二、会议之范围与目的

三、黄丝滩问题：

1. 为什么黄丝滩要退建

2. 路线怎么确定

3. 如何出工出费（全地区共同的责任，视利益关系分别负担——主体、直接、间接及友谊）

4. 施工方法（群众运动方式，分埂负责、比赛做工）

5. 怎么组织（成立总的领导机构，境内一切部门动员）

四、我的希望

1. 对中国前途之认识

2. 对皖中根据地之认识

3. 对黄丝滩退建工程之认识

（1）人类劳动意义上——克服自然，创造世界

（2）政治经济意义上——抗战建国，建国抗战

（3）利害关系意义上——七县屏障，我们长城

所以必须：大公无私，团结友爱的精神。切实负责，紧张进步的干法。

4. 决定一切问题

（1）筹备会及行政会初步决定之检讨

（2）慎重推选出公正能干的人来负责

（3）各尽一分子的责任

5.政府对此工作之态度

（1）凡是与民有利的，无不全力以赴

（2）本年年成好，农村工作以此为中心工作了

（3）政府定用全力，以整个张伟强力量协助成功

（4）有志必成，我来一个预测

附录 4

抗议顽军无理进攻皖中根据地通电

新华社并转全国各报馆公鉴：本月初，原驻桐庐一带广西军 176 师，突向我巢无抗日民主根据地大举进攻，同时贿买逆无为、高林、开城桥各据点敌伪配合行动。凡所到处，奸淫妇女，杀戮群众，焚烧房屋，抢劫货财，惨状不忍目睹。

溯我巢无地区，原系新四军驻防，全境安宁进步。1929 年春，广西军突来摩擦逼近新四军东去。彼辈则花天酒地，罔知备战，不到三个月，便将全县捧送敌手。遂致奸伪纵横，盗匪蜂起，人民痛苦，不堪言状。幸新四军再度入境，奋击敌伪，诛除奸匪，更扶助人民，组织抗日自卫武装，建立民主政府。三年来，拼头颅、洒热血，不仅深入敌后，保全了国家领土，抑且实行三民主义，开展民权、改善民生、足食足衣、生聚教训，使全境成为抗战最坚决、建国最先进的光明领土。

何罪何尤，何负于国家民族？而该广西军受何唆使，又复前来煎逼，必欲置我百万人民于死地？值兹世界局势空前好转，我国抗战接近胜利之时，消费人民脂膏享用国家粮饷之军人，不打敌寇专打自家，不攻敌占据点，专对同胞屠杀，甚至明目张胆，勾结敌伪，进行掠攫地盘、荼毒群众之私欲究竟是何用意，是何居心？倘有国法，国法何在？倘知廉耻，廉耻何存？中华民族的败类，国民党顽固派们知者：你们这种破坏团结，危害国家，丧心病狂，惨无人道的暴行，说明了你们已经甘心叛国、实际上准备投降了。在正义公理和中国最大多数坚决抗战的人们面前，你们一定是身败名裂，粉身碎骨的。

我全中国主持正义坚决抗战的同胞们注视着：抗战七年，我们的同胞，为了国家民族，肝脑涂地，牺牲不计其数，而我们的国家财富，为了抗战胜利，损失更不知多少。现在，牺牲损失的代价，正是瞬将来到的国家民族光明美满的前途。然国民党顽固派一班混蛋们，却逞私纵欲，祸国殃民，准备断送我们神圣伟大的抗战果实。我们能容忍吗？我们是万不能容忍的！时机紧迫，一发千钧，伸出四万万五千万个正义和抗战的铁拳，打死这些投降叛国的民族败类！

皖中参议会金笑侬、周新武，皖中行署
吕惠生、张恺帆及全地区民众同叩

附录 5

关于皖中联立中学学制课程等问题

一、 组织形式

1. 设教务长统管学校内务，设校长室秘书，辅助教务长输学校行政事务。

2. 设教务、生活指导、总务三部，各设主任一人。 生活指导部添设副主任一人。 每班设生活指导员一人，共同组织生活指导委员会，以正副主任为正副主任委员。

3. 设军事教官一人、文化教员一人。

4. 设联中资学金委员会，由行署聘请委员五人组成之（张恺帆、郑日仁、方向明、钟国松、吴海若，以张恺帆为主任委员），立即批拨公粮一万斤、款一万元，由郑日仁负责管理。

人选暂定：教务长方向明，教务主任吴海若，生活指导主任钟国松、副主任董启翔，总务主任刘方鼎，校长室秘书崔瑗，行政科指导员董启翔，书财粮科指导员钟国松，师范科指导员周宏鸣、崔瑗，文化娱乐指导员某某某。

医务卫生指导员何谦堂，劳动生产指导员许移山，军事教官某某某，文化教员陈建钧。

6. 校内部组织全校俱乐部，经济稽核委员会由此产生，对外用学生会名义。

7. 考生的学习与生活组织要联系起来，用正副班长名义，班长负责学习，副班长负责生活。

二、 学制

1. 普通科一年毕业，专修科一年毕业。

2. 普通科着重于干部一般性及基体恶性循环的锻炼，以政治及文化课为主。 凡青年堪以造就而目前条件又不足都入此科，它与专修科是联结的，但又并非完全联结不可分的，即该科毕业后，得因其才能调入适当的其他工作岗位，以继续其对业务之专门学习。

3. 专修科着重于具体干部之锻炼，课程以业务为主，它是联中的主要目的，以修业一年为其独立完整的学习单元，而不是后半截的、一部分的，但也可以和普通科相联续的。

4. 以上两科在课程配备上，力求灵活适当，以期能在较短期内育成新的干部。

二、教育任务（目的）

把教育对象训练成乡级干部，时间越能缩短越好，故得择其最优良学生，于中间施以特殊教材，期其早熟。

四、课程比重

1. 普通科

文化课——40%

政治课——40%

课外活动——20%

2. 专修科

文化课——35%

政治课——25%

业务课——30%

课外活动——10%

五、课程内容

1. 普通科

文化课：国文、数学、自然常识（理化、博物）、卫生常识等、史地。

政治课：社会进化史、政治经济学大纲、中国革命运动史、中国抗战（论持久战）、中国建设（新民主主义论）、根据地概况、政治常识、边区建设。

课外活动：歌咏、劳动生产、体育、竞赛、会议、实习。

2. 专修科

文化课：应用文、史地、理化、博物、生理卫生。

政治课：政治经济学大纲、社会进化史、中国革命运动史、宇宙观与人生观、中国抗战（论持久战）、中国建设（新民主主义论）、根据地概况。

业务课：行政科——政权原理；法令、选举及行政机构；司法、公安、财粮、教育、水利及生产建设；民主运动；群众与运动、优抗。

财粮科——法令、公安、生产建设、会计、粮草征收、保管、新经济制度、预决算、地方税、合作、货管概况、经济政策。

师范科——法令；教学法、社会教育、学校教育、公学产管理、中心小学制；

教育原理、教学实施、教育政策、社会教育。

课外活动：歌咏、生产劳动、军训、竞赛、会议、文娱、调查访问。

六、教学法

1. 由远及近

2. 由具体到抽象

3. 趣味化、故事化

4. 与实际密切联系、学以致用

5. 以牌楼乡为实验区，即学即用

6. 一切课程必须先行编印大纲，发给学生（经过一定的审查）

7. 除正课外，设专题讲座及报告

七、教学时间

1. 普通科课堂，每天不超过五小时。

2. 课程标准

（1）国文：阅读《大江报》、小册子、文件、讲话、写作、普通信件、文、报告、通讯。

（2）数学：加减乘除（整数四则）、珠算、分数四则、约分、比例、复名数、土地测量（簿记）。

（3）史地常识：社会进化史与中国古代史；近百年史（近代革命运动史）、世界史地大要与中国地理（根据地）、人文地理。

（4）自然常识：自然现象的认识理解——启蒙、社会生产、有关应用科学知识、生理医药卫生之理解应用。

（5）政治常识：封建社会及经济形态、资本主义社会经济形态、政治概论、中国抗战、中国建设。

政治常识——中国农村；根据地建设。

抗日根据地与三民主义——各种组织工作；组织生活（作风等）与工作方法。

（6）根据地建设：史地、政策、组织。

（7）业务课

附录 6

青年之路(提纲)

一、什么是青年

1. 从年龄上说起:

1 至 5 岁(婴儿),6 至 12 岁(儿童),13 至 18 岁(少年),19 至 30 岁(青年),31 至 50 岁(壮年),51 年以后(老年)。

婴儿与儿童——生长发育期,少年与青年——充实决定期,壮年——事业期,老年休养期。

2. 从物质上谈起:

(1)体格思想蓬勃发展的

(2)思想行动纯洁正当的

(3)精神活泼的

(4)感情丰富的

(5)勇猛进步的

3. 光荣名称之决定:

(1)老年少成(社会习俗化了)

(2)老青年(年虽老尚有青年美德)

(3)青年与否应以物质决定

二、青年在社会中的重要性

1. 青年约居全体三分之一

2. 纯正故能识真理

3. 感情猛进故能革命

4. 活泼发展故能创新

5. 战争以青年为中心

6. 革命以青年为先锋队

7. 青年是社会的骨干、向导、先锋,它是真正的宝贝

三、 中国青年的动态

1. 时代牺牲了许多青年——自私享乐钻狗洞了

2. 抗战前的好青年——各种运动，推动抗战

3. 战后许多好青年——积极活泼，参加战争

四、 青年之路

1. 和平反共之路——其由来及前途

2. 抗日反共之路

3. 抗日团结进步之路

4. 比较谁是真理，自己应选择

五、 驳为读书而读书

1. 人是社会动物，不能离群独居

2. 政治是社会达到合理光明的必要过程手段

3. 学以致用，是用以改善人生的

4. 为读书而读书，等于行路无目的地，又如吃饭不为了充饥

六、 驳先读书后救国

1. 国不存读何用，国事迫急

2. 读书不与环境（救国）相联系，便读不好。 读书不与劳动生产（生活）相联系，也读水好。

七、 读书宗旨

1. 基本上，是学习改善人生的——学生

2. 读书是寻求真理工具，是改善人生的手段

3. 在目前，国家紧急，便应重视救国

八、 总结语

1. 青年是光荣的名称

2. 青年的责任很重大

3. 中国青年的前辈已做过很多光荣、伟大的事业

4. 青年要立场走正当的（革命的）道路

5. 青年责任在读书救国、改造人生、改造世界

九、 我们中学的实质及任务

1. 它不是与社会隔绝的中一部分

2. 它不是教死书的、与环境不联系的

3. 它不是学非所用的

4. 它是教学意味更加浓厚些的社会一角

5. 它是为人生和救国而教读

6. 它是既读书又救国

7. 读书为了救国，救国必须读书

8. 与大后方教育之比较及怀疑（扩军）

十、 我的希望

1. 认识自己、国家

2. 不做时代牺牲品，立志做先锋

3. 发扬青年长处

4. 克服青年短处

（1） 幼稚无主张

（2） 空想主义

（3） 英雄主义

（4） 享乐主义

5. 革命精神、实干主义

6. 养成英勇朴实、远大精细的作风与本领

附录 7

在皖中教育研讨会上的讲话(提纲)

一、 方针:

1. 成人教育重于儿童教育

（1） 中国愚民政策下的成人、状况、数量。

（2） 成人在社会上、抗战中的重要性。

（3） 抗战胜利与成人头脑武装。

（4）建国与成人。

（5） 成人教育与儿童教育之比较。

（6） 成人教育应该重于儿童教育。

2. 私塾辅导重于学校教育

（1） 私塾也是一种教育。

（2） 私塾内容陈腐，但数量多，被信任。

（3） 取消不可能，在思想上、经济上、政治上都有困难。

（4） 学校教育一般，不可能单纯的开展。

（5） 辅私工作应该重于办学校。

（6） 无数的民办小学之成长。

3. 干部教育重于普通教育

（1） 普通教育在过去无效果，在现时出效果迟了，且不适用。

（2） 抗战中干部之迫需。

（3） 学以致用、即学即用的干部教育。

（4） 两者的比较。 青年责任上，学问应用上，个人出路及家庭愿望上。

二、 方法:

1. 实现中心小学制

（1） 成人教育（男女在内）:

机关——乡俱乐部、保民校、村冬学、村文化班。

步骤——依次建立，波浪式进展。

口号——社会即是学校。

学习——从是先生，同时也是学生，以口代书，以耳代目。

（2）私塾辅导：

组织——教育研究会、文抗会、儿童团。

辅导——以组织推动组织、改良私塾、供给课本、提供方法、竞赛奖励。

（3）儿童教育：

性质——实验的、创造的。

教学——启发式、研究式。

作用——示范的，与民办小学取得密切联系。

2. 实行轮流调剂制

（1）目前以乡级干部为主。

（2）县级负全责，在县附近。

（3）原职代理，不带薪。

（4）两个月一期。

（5）反省总结与灌输必要技能。

3. 大量吸收新干部

4. 编印教村

5. 分配与整理区县公学产

（1）区归民兵征收。

（2）以祠产办民办小学

（3）募捐、自筹。

（4）县产统一分配。

（5）加强组织，由县负责。

6. 文化活动

（1）文化组织。

（2）运动会等竞赛，提拔学习英雄。

三、教学内容

1. 成人

（1）提高民族意识与胜利信心。

（2）破除迷信，教会应用技能。

（3）根据地建设及其将来。

（4）群众武装之重要及拥军参军。

2. 私塾

（1）塾师对新时代的认识。

（2）一切社会、自然科学之介绍。

（3）教育方法之介绍与改良。

（4）教材更换、即学即用。

（5）待遇改进。

（6）自动的团体运动。

3. 儿童

（1）学校信仰之建树。

（2）适用技能灌输。

（3）模范作用之扩展。

……

四、目标

1. 成人——

（1）扫除文盲，人人学会一千字。

（2）提高认识，懂得一般问题（民众读书）。

（3）武装起民兵的头脑（有确定的数字）、懂得应有之问题（民兵读书）。

2. 塾师——

（1）组织团结起来（民办小学兴起）

（2）必要知识的了解（政治与教学）。

（3）作风要正派。

3. 塾生——

（1） 自由活泼与民主团结精神的陶冶。

（2） 青年正派的作风。

（3） 必要的知识。

4. 小学教育——

（1） 实践作用。

（2） 示范作用

5. 老干部——

质的提高（思想正派、能力加强）。

6. 新干部——

（1） 大量青年人参加抗建。

（2） 在思想行动两方面树立稳固的新观念之基础。

7. 总的——

（1） 从基本上（思想上）提高群众、加强抗建力量。

（2） 提高民兵，武装其头脑、巩固根据地、准备反攻。

（3） 提高干部质和量。 使工作大进一步。

五、 做法

1. 作为中心工作，由各级政府分工负责

2. 克服忽视文教的观点

3. 工作对象具体化

4. 全地区各方面一致为此而努力

六、 结论

1. 文教工作之重要性（反时代、反进步之习惯力量之强大与给予我们的障碍）——破坏与建设，工作任务之艰巨。

2. 新民主主义之前瞻与我们责任之重大，干部之需要。

3. 自动性、研究性、创造性、适应性、革命性。

4. 自己的修养——可鉴性，领导性、大气磅礴，迈步直前。

5. 国家、民族与个人的成就。

附录 8

在皖中人民抗日自卫军成立大会上的答谢讲话

各位来宾，接受你们的指示和监督，保证赤胆忠心为国为民服务，做好誓词中各项任务。我有几点感想和说明：

一、抗日民主政府，是依靠抗战建国纲领做事的表率，说真话，做真事，说到哪里做到哪里。这在现今的组织人民武装一事上得到证明。相反，国民党光说不做，打击人民武装，恐怕不能自保地位，它违反了抗战建国纲领。

二、抗日民主政府，不仅为目前的抗战胜利而奋斗，而且是自现在起，为建国的伟大事业作基本的准备。因为伟大的建国工作，需要全民的组织力量，而组织民兵寓兵于民、寓兵于农，即正是这种组织力量的正常表现。因为，一盘散沙的所谓无组织的人民，任何多数，也不会发生任何力量的。相反，国民党曾想到这里，它只是死死的紧压着人民，除一种束缚人民的保甲组织外，不准人民有任何组织，不准人民有任何力量之表现。它只空言建国，没有一点诚意，所以也就一点不打算如何建国了。

三、以上两种表现，是对国家民族负责任的表现，是天下为公的表现，是生聚教训、复兴国家民族的表现。这桩事是天下大事，我觉得心中是十分愉快和光荣的，希望同仁也都一样。武装用途问题之表示，它是真正人民的，不是拥兵自卫的。

我对各位来宾的希望：

一、因为我们干这事是初干，希望大家经常给指示。

二、政府已把民兵工作当作全区冬季中心工作。我们同仁都注意到争取时间，要在今年冬季，一定把全区的人民武装整顿得好好的，以不负全体人民对我们的委托和重视。我们拿切实努力来答谢大家。

附录 9

在民兵干部会议上的讲话(提纲)

甲、 对于民兵的认识:

一、 从性质上——地方性的武装

1. 他与纯粹的兵有区别

2. 他与纯粹的民有区别

3. 他是民又是兵,寓兵于农,寓兵于民

二、 从任务上——配合帮助

1. 主要是战斗上配合作用

2. 后勤工作

3. 维持后方治安

三、 从组织上——骨干(整个组织)

1. 是自卫队的骨干与先锋模范

2. 是全民精华——白血球

四、 从效能及作用上——不可战胜

1. 可以摧毁一切——历来革命动力

2. 可以建设一切——万里长城作喻

3. 是宇宙第一个不可战胜的力量

乙、 组训民兵的迫切性

一、 中国力量还不足以战胜日寇。 根据地胜利无保证

二、 群众不起来,不能战胜奸伪及反动派,而是断送胜利果实

三、 自己不自卫,眼前所得民主自由及丰衣足食的成果即将失去

丙、 政府的民兵观

一、 组训民众,在新旧政府之异同

二、 我政府真诚地宣传组织训练及武装民众——这是最高阶段

三、 民兵是民众自己的武装,而不是私人工具

四、 民兵是民族的孝子贤孙,是民众中的优秀儿女,是第一等公民

丁、对于谣言的驳斥

一、“民兵是拉壮丁的另一种形式”

二、“训练或比赛是调到别处去”

三、把民兵做当头炮

四、山内打了败仗，将去补充。

戊、民兵工作注意事项

一、在宣传动员上

1. 详尽的耐心的说透道理，浅显比喻

2. 室内细谈——各种会议

3. 奖励

4. 注意谣言，及时驳斥

二、在组织训练上

1. 不要过分勉强

2. 适合其生活及情绪

3. 先松后紧的渐追法

4. 绝对耐心，教法态度要研究，多奖惩

5. 推动情绪、抓紧情绪、利用情绪、保持情绪

5. 竞赛法、自觉法（自我批评）、核心法

6. 纪律之服从

三、在武装及战斗上

1. 打破唯武器论

2. 各种方式的战斗认识

3. 武器制造及配合

4. 游击战争及配合作战

（1）战争的种类

（2）我们必须采取的战术：敌驻我扰、敌走我追

（3）配合事项——空室清野、肃清内奸（民兵内的捣乱者，更应注视防范）

己、 我的希望

一、 年内组成民兵

二、 年内训练民兵

三、 大家努力做模范

四、 抓住胜利的高潮奋斗，以使自卫，不再遭受危害

五、 学习学习再学习——干，干得好

附录 10

新四军告别皖江民众书

亲爱的父老兄弟姐妹们:

几年以来，我们在你们亲切爱护与支援下，坚持了抗战，建立了根据地，和你们一道过着民主自由快乐的生活，我们和你们联系，正同血和肉一样的密切。但是现在我们却要忍痛向你们告别了。在别离之前，我们想向你们讲几句话：首先，让我们对你们表示衷心的感激，因为没有你们的爱护和帮助，我们将一事无成。同时，我们要向你们道歉，因为我们过去在保卫你们利益的事业上，还有许多做得不够，做得不好；凡此，我们只能用今后的加紧努力来报答你们了。

那么，为什么我们不能好好和你们在一起，忽然要和你们分手呢？你们知道，我们的抗战是胜利了，我们现在要什么呢？我们要和平、民主、团结。我们不要什么呢？不要内战和独裁。但是，已经宣布了投降的日本帝国主义和汉奸，都还在和我们作对，他们偏偏在用全力来挑拨内战，破坏团结，阻挠民主。中国国内一些没心肝的反动分子，竟和他们心心相印，与他们合流合作起来，残害自己的同胞。以中国人民的利益为利益的共产党，是不能对这样的严重危险置之不顾的，他要彻底打破敌伪反动的阴谋，要求得和平团结的实现，就向全国指出和平、民主、团结的大道，毛主席应蒋委员长电邀，亲自到重庆和国民党当局谈判。同时，为了促进谈判成功，与全国和平团结的迅速实现，就不惜委曲求全，自愿将皖江的新四军全部转移到淮南。

谁都了解，这是共产党对国民党的一个极大的让步。但共产党为了制止敌伪和反动派的阴谋，为了避免内战，实现全国和平、团结，就不能不忍痛这样做。我们相信：中国共产党的这种顾全大局的伟大胸怀和委曲求全的苦衷，是能够得到全国人民的赞许和谅解的。

当然，由于我们的转移，可能有各种各色的猜想和造谣：比如说我们转移是由于国际条件不好，力量单薄，被迫撤退。那么我们可以告诉他们，全世界法西斯垮台，民主势力的胜利，给中国人民、共产党以最有利的条件，我们解放区的力量不仅完全足够粉碎任何方面来的进犯，而且还在迅速扩大我们的解放区。是为了和平、团结，才决定自动撤退。

再比如有人这么说：共产党新四军视人民如草芥，他要就要，丢就丢。但谁都记得："八·一三"后，真正遗弃皖江无辜人民于敌人铁蹄下的究竟是谁，而后来真正从敌人铁蹄下把他们解放出来过民主自由生活的又是谁。

又有人会这么说：共产党新四军说走是骗人，他决不是真走。但事实会表示出我们是诚心诚意，为了实现全国和平团结，为了全中国人民利益，而从皖江撤退。我们是言行一致，说到做到的。

总之，一切不明真相的猜想，最后总会证明其毫无根据的；一切恶意的造谣和攻讦，则一定会由铁的事实来粉碎。

同胞们！我们希望你们要沉着，要坚定，决不要被那些谣言蜚语所困惑。你们应该坚决勇敢的为保卫自身的利益，为完成团结、民主、和平的大业而奋斗。在抗战时期，由于你们付出了极大的努力与牺牲，才取得了胜利，在今后，你们一定要作同样的努力，去保卫已得的胜利的果实。过去你们已经学会了怎样进行武装斗争，来取得胜利，今后你们应该学会用和平的合法斗争来保卫各种已得的利益。

你们应该用各种各样的方法，坚决要求国民党当局切实执行下列各项：

一、保证复员战士、伤病员和抗属的安全，并加以妥善照料。保护新四军的留守机关，以及照料不能撤退的伤病员和抗属。

二、保持各种民主设施，对过去抗战与民主建设有功的人民和复员的干部，应保证其生命财产的安全，享受民主权利，不得加以虐待或歧视。

三、保持减租减息和废除苛杂的已得利益，很好的办理复员，救济同胞。

四、保障中国共产党及各民主党派公开活动的合法地位。如违反上述各项者，你们应该坚决起来反对。

亲爱的同胞们！现在全国和平、团结、民主尚未实现，你们是可能遭到很多的困难，甚至会遭受反动派的摧残和迫害。关于这点，我们已向国民党当局和驻军着重提出，要他们以国家人民利益为重，不要挟私报仇，残害同胞。但尽管我们这样做，你们仍要百倍提高警觉，勿受骗，勿被暗算。同时应采取各种灵活的办法，根据和平、民主、团结的总方针，加强自身的团结，做到像亲兄弟一样。要不断督促国民党当局顺从民意，实行民主，保护各种既得的利益。

同胞们！现在敌伪还在挣扎，反动派还在耍阴谋，我们面前还有极大的困难。但我们相信：在德意日法西斯已被打倒，全世界和全中国民主势力汹涌澎湃的今天，我们一定能够克服困难，得到胜利。

我们这番暂时和你们告别，在离你们不远的华东就有极为强大的解放区，我们将全心全意的支持你们，你们决不孤立。在今天，任何悲观动摇是只有利于敌伪和反动派，你们必须坚决斗争。特别是对留下的伤病员和抗属，你们要以最大的关心保护和照料他们，要坚决反对对伤病员和抗属任何不利的行动。

亲爱的同胞们！世界和中国的局势均在奔向光明，独立、自由、繁荣的新中国已经露出了头，只要我们继续努力奋斗，摒除一切悲观失望慌乱的情绪，朝着和平、民主、团结的大道前进，我们是一定能够胜利的。

别了！亲爱的父老兄弟姐妹们！我们再一次虔诚的要求你们接受我们深深的感谢和慰问。并祝你们健康！